［法］弗朗索瓦丝·萨冈 著
李璐璐 译

心之四海

Les Quatre Coins du coeur

Françoise Sagan

上海译文出版社

Françoise Sagan
Les quatre coins du coeur
LES QUATRE COINS DU COEUR © PLON, 2019
Simplified Chinese language edition published by arrangement with Editions Plon, through The Grayhawk Agency
2022 SHANGHAI TRANSLATION PUBLISHING HOUSE (STPH)
All rights reserved.

图字：09-2020-578号

图书在版编目(CIP)数据

心之四海/(法)弗朗索瓦丝·萨冈著;李璐璐译
.—上海：上海译文出版社,2022.12
ISBN 978-7-5327-8900-9

Ⅰ.①心… Ⅱ.①弗… ②李… Ⅲ.①中篇小说—法国—现代 Ⅳ.①I565.45

中国版本图书馆CIP数据核字(2022)第207889号

心之四海
[法]弗朗索瓦丝·萨冈 著 李璐璐 译
责任编辑/黄雅琴 装帧设计/周伟伟

上海译文出版社有限公司出版、发行
网址：www.yiwen.com.cn
201101 上海市闵行区号景路159弄B座
杭州宏雅印刷有限公司印刷

开本787×1092 1/32 印张4.5 插页5 字数62,000
2022年12月第1版 2022年12月第1次印刷
印数：0,001—8,000册

ISBN 978-7-5327-8900-9/I·5503
定价：58.00元

本书中文简体字专有出版权归本社独家所有,非经本社同意不得连载、摘编或复制
如有质量问题,请与承印厂质量科联系。T:0571-88855633

序

自从 2007 年我开始接管母亲的遗产，她大量作品的再版都授予我为之作序的殊荣，我已经把这些作品交给无数位亲善的发行人：《速度》《你好，纽约》《1954—2003 专栏》《萨冈，我的母亲》，还有最近原版版本的《毒》也即将面世。

出版商似乎发现了我的软肋，我总是一如既往兴高采烈地投身于写作任务——但我要讲明，不论是否与我母亲的作品有关，这动笔的任务都不会有丝毫改变，写作练习本就让我振奋不已。

诚然，我要介绍的这些文本，已经出版过，有些甚至再版过，因此也有人阅读过甚至重读过，而且为了避免书讯专栏将它们忽略，很可能都已经加过了序言。

因此，当普隆出版社找到我为《心之四海》作序时，我并不意外——我感到又一次被寄予了这样的信任——但是到了晚上,当我回到家平静下来时,我意识到自己肩上的担子有多重:准确地说,我要介绍一位标志性作家未曾面世的一部作品,它的出版对文学界意味着一场飓风,也将引起媒体界的一次地震。

实际上,我只模糊记得这份手稿的来历。那是在我继承了母亲遗产两三年后,对我来说,发现这些手稿简直是见证奇迹的时刻,因为我母亲的东西都已经被没收、变卖、转让或者被不明人士得到了。

这本小说虽然很薄,但还是套了一个塑料封面——就是学生发表论文时用的那种——并且分为了两卷:第一卷即《心之四海》,第二卷开头是"下午四点十分,巴黎来的火车驶入图尔火车站……",曾命名为《跳动的心》(这本小说本来没有确切名字,我写这些话的时候,也总是忘记选了哪个名字)。

原稿是用打字机打的手稿,然后经过了数次影印,现在有些字母的轮廓都不甚清晰。稿件上面都是毫无规则的删减、批注、修改,我都看不出原本的笔迹了,而且这两卷混杂在一堆文件中,其中夹杂各种文献档案。一段时间之后我才意识到这是同一本书的手稿。

所以我只是在第一时间在一次幸运——或者说倒霉——的巧合下,无意中瞥到这份手稿:刚开始我并没想到这会是一部未出版的小说。加之我母亲的遗物七零八落,而我的精力全用于解决一团乱的法律问题，尤其是财务和出版事务的纠缠。

今日再回顾这件事，我反而显得十分从容了。这本书虽然还未完结，但它强烈的萨冈式文体曾令我惊讶不已——偶尔的厚颜无耻、如此的巴洛克风格以及某些荒诞离奇的转折——那时的我或许是毫无顾虑且不假思索地就把这本《心之四海》放到了抽屉深处。但因为此书还未完结，所以对我来说，若是将其交给一个不完全信任的人阅读，就显得太过鲁莽了。

几个月前，我被一大批巴黎的出版商一再拒绝，我不禁担忧弗朗索瓦丝·萨冈的作品将在二十世纪的夜晚销声匿迹。这之后，我遇到了让-马克·罗贝尔，后来这位天降神人成了我的良师益友，指导我处理遗产中的出版问题。他当时经营斯托克出版社并且同意一口气再版我母亲的全部15本作品，那些作品是在四月的一个下午，在弗勒吕斯街，我拿给他看的。除此之外他还成了我的编辑，很快我便将他视为好友。自然而然，几周之后，我悄悄地把这本小说拿给他看，虽然手稿含糊不清，但毋庸置疑，最终还是出版了。

《心之四海》不独为我们所用，它最初是被改编为电影——那些数不完的照片就源自这里——但是这部电影从未面世。所以手稿是被修改过的，准确地说是为了大胆地启发当红的电影编剧而被改写了。在那种情况下，《心之四海》无法照原样出版——文本的缺失对我母亲这部作品造成了实质性的损害。

我和让-马克曾论及想要请一位有资历的当代作家重写这部小说。但是手稿中缺词少句，有时甚至整段缺失，造成文本不连贯，于是这一计划很快被否决。

文本又被搁置了，但这仍不能阻止我在接下来的几个月一遍又一遍更认真地重读它。许多人说我是唯一能够重写此书的人，且不论怎样一定要出版这本小说，因为虽然它并不完美，但却必不可少。那些了解、喜欢萨冈的人应该拥有萨冈完整作品的权利，期待着完整的作品。

我重新投入到工作中，一边做一些我认为必要的修改，一边注意着不要破坏小说的风格或语气。顺着这些篇章，我重新寻回了弗朗索瓦丝·萨冈特有的那种不顾一切的自由、超脱的精神、刺耳的幽默与近乎厚颜无耻的大胆放肆。

在《你好，忧愁》面世六十五年后，在经历十年令人焦虑不安的沉寂期后，萨冈的最后一部未结之作《心之四海》终于出版，以一种最纯粹、最本来、最不可或缺的模样走向了读者。

德尼·韦斯霍夫

1

克雷森纳德庄园的露台环绕着四棵法国梧桐，上面有六条绿城长椅，好不雄伟壮丽。以前这座大房子想必也是美丽又古老的外省大宅子，之后变得既丑陋又现代。近来饰以尖塔，装以露天楼梯，筑以铁锻阳台，辜负了阳光、树木和灰色沙砾，与周遭的绿色植物也格格不入，这房子凝聚了两个世纪以来费钱又糟糕的品味。三级平缓的灰色台阶配以中世纪风格的扶手，终于为其非唯美主义画上了句号。

但还有两人面对面坐在长椅上，各占一端，双方似乎并未因此感到局促。丑陋往往比美丽、和谐更容易被人注意到，因为后者需要人们不吝时间去证实，去欣赏。无论如何，似乎卢多维克和他妻子玛丽-洛尔都尽量对这座不和谐的建筑无动于衷。况且这两人都不看对方，对他们的房子也视而不见，只盯着自己的脚。不管他们的鞋有多好看，那些既不看对方的脸也不看其穿戴，总之不注视对方眼睛的人，心里都有鬼。

"你不冷吗?"

玛丽-洛尔·克雷森转向她的丈夫问道。这个女人生了一副美丽的面庞,淡紫色的双眸仿佛会说话,嘴巴略矫情,鼻子可爱迷人,在跟这个孔武健壮的年轻男子仓促结婚前,她可是迷倒了不少人。此男名为卢多维克·克雷森,有点纨绔,有点憨傻,却凭借财富和好脾气俘获了一众16区花季少女们的芳心。尽管,众所周知,女人们为他着迷,但卢多维克·克雷森显然会是一位专情的丈夫。唉,可是,他所有的优点,除了他的钱,在玛丽-洛尔看来,几乎跟缺点一样多。她世故、没文化,全凭读的杂七杂八的时髦读物、故事梗概、人们避讳的话题来装潢门面,玛丽很机灵,完美地抓住时机赶潮流,这在圈子里是出了名的。她想要先做自己的主,再领导别人,她想如自己说的那般"活出自我",但她既不知道生活的本来面目,也不知道自己究竟想要什么,除了奢侈品。事实上,玛丽想要一切称心如意。她知道如何炫耀自己价值连城的珠宝首饰,以及卢多维克腰缠万贯的爸爸亨利·克雷森(在他美丽的故乡图赖讷人称"翱翔的秃鹫")。

*

我们不会解释——原因很明显——人们为什么将那座老工厂和这栋老宅称作"克雷森纳德"。然而,更复杂更烦人的是说清楚克雷森家族如何依靠水田芥①发了大财,他们把鹰嘴豆和其他小蔬菜卖到了五湖四海。回答这个乏味的问题,对于作者而言,比起记忆力,至少更需要想象力。

"你冷吗?我把羊毛套衫给你吧?"

玛丽-洛尔身边男人的声音使人自然地感到温柔惬意,但就这一件不足道的衣服来讲,却显得过于诚惶诚恐、小心翼翼了。这个年轻女子忽闪着睫毛,转过了头,对她丈夫的羊毛衫表现出一丝难以察觉的鄙视(她打量了他一瞬)。

"哦,不用,谢谢,我这就回去,这样更方便。这件毛衫你也要用。况且现在可不是你再得支气管炎的好时候。"她站起身,迈着从容的步伐走向房子,时髦的鞋子把沙砾踩得嘎吱作响。尽管是在乡下,尽管只是一个人,不论发生什么,玛丽-洛尔都展示出她的优雅和"紧跟潮流"。

她的丈夫用一种爱慕……又怀疑的眼光注视着她。

*

应当说,卢多维克·克雷森当时刚从疗养院出来,他进过形形色色的疗养院,他在里面接受了车祸康复治疗。这场灾难性的车祸实在太严重了,没有医生、没有情人可以想象他能活

---

① "克雷森"与"水田芥"在法语中拼写相同,均为 cresson。

下来。

玛丽-洛尔开的车，这辆在她生日时他送的小跑车直直嵌进了一辆停着的卡车里，卡车上装运的钢片把副驾驶位子切得粉碎。如果说把卢多维克的脸从一堆钢铁中找出来，从美学方面看，还是完好的，那么玛丽-洛尔无论是脸蛋还是身体，严格来讲，更是完好无损，卢多维克身上却被多处刺穿了。他昏迷不醒，医生都断定，他最多还有一到两天就会离开人世。

只是，在他那座天然的堡垒中，肺、肩膀、脖子，所有保证这个天真男孩内外健康的器官，都显示出超出任何人想象的狡猾和好斗。当大家在考虑葬礼的仪式和音乐时，当玛丽-洛尔在琢磨一个低调但又令人肃然起敬的寡妇应有的装扮和举止时（非常简单，把橡皮膏药——没什么用处——贴在太阳穴上），当亨利·克雷森眼见自己的人生计划从中受阻而愤怒不已，到处踹人，辱骂他的员工时，而他的妻子桑德拉（卢多维克的继母）表现出久病不起的人惯有的、使人束手无策的神圣时，卢多维克一直在生死边缘挣扎。一周后，令所有人震惊的是，他醒了。

众所周知，某些医生有时候更相信他们的诊断而不是病人。卢多维克的苏醒把亨利·克雷森（出于习惯）从巴黎以及其他地方请来的厉害医生都吓了一大跳。他如此轻而易举地就从鬼门关回来了，让这些名医如此难堪，于是他们在他颅骨里发现了极其危险的东西。这足以——加上他的沉默——让他继续接受观察，然后转到更专业的疗养院。卢多维克看起来浑浑噩噩，有点出神，甚至可以说脑子废了；而他健硕的肉体以及完美的健康更加深了这一印象。

两年以来，卢多维克不置一词，也未反抗，他在诊所间、在精神病院间辗转，甚至被送到美洲，准确地说是被绑在一架喷气式飞机上送过去的。每个月他的小家庭都会来看他，注视着他睡觉——或者对他"傻笑"，他们之间都这么说——然后迅速返航。"我受不了这种场面。"玛丽-洛尔诉苦道，她甚至没有努力假惺惺地忍住眼泪，因为车里没人落泪。

如果说有一个例外，那就是玛丽-洛尔那位最近丧偶的母亲，迷人的法妮·克劳利，不过她是为自己的丈夫落泪，她还是去看望了这个说到底自己从没欣赏过的女婿。尽管卢多维克取悦过许许多多生动有活力的女人，但他牛仔的一面和"一切都好"让很多略敏感的女性感到恼火。她又见到了这个被她叫做花花公子的男人，躺在扶手椅上，手腕和小腿被固定住，瘦得吓人但也年轻了许多，看起来手无缚鸡之力又不堪一击，完全没有能力拒绝从早到晚在他静脉里注射的精神类药物……法妮·克劳利哭了。她的哭声引起了亨利·克雷森的好奇，然后促使亨利与她进行了一场没有旁人的严肃会谈。

值得庆幸的是，亨利·克雷森曾偶然地与这家诊所的所长进行交谈，这可能是法国最昂贵的诊所了——当然也是最无能的。首席医师明确告诉他，他的儿子绝无康复可能。别人这么言之凿凿让亨利·克雷森又疑又怒，他是商业天才，但是感情上缺根筋（没有痛苦过，或者不如说只在卢多维克的母亲，他的原配妻子死于分娩时遭受过重创）。因此他看到这位美丽优雅的年轻女子为她并不喜欢的女婿流泪，并且坚定地告诉他是时候结束这种折磨的时候，有些惊愕，不过毕竟她丈夫的死也是难以慰藉的痛苦。他回到医生那里，不知对其采取了何种态度，以至于哪怕是自费，医生都不愿再看顾一个家属态度如此轻蔑的病患。

一个月之后，卢多维克抵达克雷森纳德，在这儿他表现得完全正常，把他的小药瓶一个接一个地扔到了纸篓里。他很温柔，有些心不在焉，有些焦虑，还跑很多步。事实上，很多时候他都在巨大的花园里奔跑，就像一个刚会使用双腿的孩子般，甚至还试图恢复模糊的成人样子。问题不是——况且本来也从没这样的问题——让他在父亲的工厂里工作：他父亲的财产足以供他在欧洲大陆各处生活，所以即使他连一份相当平凡的工作都找不到也没关系（这其实正是玛丽-洛尔期待的生活，有没有他都行）。

他的回归对玛丽来说却是灾难。她曾作为寡妇受人敬佩，如今要做"白痴的妻子"，她在好友面前就是这样措辞的（他们分享非常开放的社交生活），却是另外一回事了。所以玛丽-洛尔憎恶起这个她忍受至今甚至依稀隐约爱着的男子。

虽说是出于冲动和爱慕,但卢多维克对她的热情还是很快让她感到不适。因为卢多维克总是炽热地爱着女人,浪漫地爱着或许是他熟练又认真练习的唯一一种艺术了。热情似火又温润如玉,他很有魅力;之前他结识的所有巴黎妓女(相当多)仍旧深爱着他。

*

在亨利·克雷森封地上村医一人的监护下,卢多维克恢复得特别好。说到底,这位医生还是谦逊,发生车祸后他就宣布尽管这位病人遍体鳞伤、奄奄一息,但是精神没有错乱。确实,也没有人看出卢多维克神经紧张,也没有任何功能和精神紊乱的迹象。老实说,没有任何迹象表明他很脆弱或担心未来;他正等待让他害怕的某事。是什么?是谁?不过说实在的,没有人考虑过这个问题,因为这座房子中的每个人都只关心自己。

*

玛丽-洛尔走到滑稽的台阶那里,将一只疲倦的手放在扶手上,然后被逼着一个跨步跳上三层台阶,因为有双不怎么稳当的手正驾驶着飞车,刚在她脚下来了个急刹车,还带起一堆沙砾,吓了玛丽一跳,嚷嚷着是否除她公公以外的什么人在开车。前段时间,亨利·克雷森认为他的司机年龄大了,是时候自己重新开车了——对邻居来说可是个灾难，对动物和熟人来说，若路上相逢，他也是个危险人物。

"我的天啊，爸爸。"玛丽-洛尔还是以一种冷静的声音说道，"您的司机呢？"

"阑尾炎……休息了。"亨利·克雷森从车上下来，愉快地说，"阑尾炎……"

"可这已经是今年第四次阑尾炎了……"

"是啊，但他挺高兴的。他所有的社会保险什么的，加上他的薪水，就是这么一个干劲儿十足却什么都不能做，必要时就躺床上的人，他可真怕警察、保险还有我不知道的什么东西。"

"他该怕的是您。"

"怕？怕我什么？让一下，儿媳妇，让我过去。"

她讨厌亨利叫她"儿媳妇"，可尽管受到妻子责备，他还是这么叫，庄严的桑德拉已经站定在门前台阶上殷勤地迎接丈夫，平时她就待在房间里。

桑德拉·克雷森，生于勒巴耶，最关心的就是她作为妻子的本分。一直以来，她拥有的封地面积与财产数额都与亨利·克雷森相近，嫁给这个人们眼中郁郁寡欢的鳏夫，只是单纯害怕过独居生活。她以为自己嫁了一位有些活泼的工业家，可实际上，她是嫁了一头遇到不顺就狂怒、对社会生活毫不关心的公牛。她本期望在克雷森纳德宽敞的会客室里招待客人,其实仅是每天避开在难看的客厅里风风火火来了又走的丈夫。在桑德拉成为房子女主人之前,房子里的其他女人也都是这么做的。

亨利·克雷森的两个兄弟死于1939—1940年的战争("其实他们都是笨蛋,"亨利得意地说,"1914到1918年的战争还能出英雄,但那可是1939到1940年啊!"),他们的遗孀慑于夫兄的恐怖统治很快离开了,不过亨利还是给了她们一笔钱图个清静。可她们走之前还是有时间布置了会客室和几个房间,造就了如今这座房子的诡异风格,这是一场难以想象的灾难:一边的壁炉是摩洛哥风格,另一边西班牙风格,还有(热爱希腊艺术的)桑德拉布置的大理石材质的感叹号,没有人敢把这个四不像的客厅拍下来。

桑德拉在克雷森纳德的村子里结识了一位雕塑家,正是在他那里受到了寓意不明的墓地丧葬风格雕塑的影响,桑德拉才突然投身于希腊和罗马那久远的艺术生活中去,根据她的指令,从不同维度复制了米洛岛的维纳斯像、萨莫色雷斯岛的胜利女神像,这些被摆放在富丽堂皇客厅里的艺术品像是在彰显着蔑视或抗议。比起对人,桑德拉与雕塑反而更亲切些,圆润饱满的脸蛋任何情况下都庄严稳重、沉着冷静,桑德拉·克雷森能跟这些雕像从早到晚待在一起,除了衣服,没什么能转移她的注意力。

"瞧，我老婆来了，可真聚齐了！"亨利说道，边从脖子上抽出他那条不体面的围巾。

"我真看不出来这有什么值得您大惊小怪的。"玛丽-洛尔喊道。

"我大惊小怪的不是您或者她，你们在这儿，"亨利坚定地说，"而是我竟能活在两个如此……如此……怎么说来着？如此顽强的女人之中，对，就是这个词，顽强……"

"您还是亨利·克雷森本人吗？"

玛丽-洛尔的声音因为想要讽刺挖苦而变得极尖锐。亨利撇下两个愤怒的女人，迈着轻快的脚步走向难看透顶的客厅，差点踢到被扔在路中央的一个废弃旅行包，路过的时候他还踢了一脚。

"是谁啊？"

"是我弟弟，您想象一下，亲爱的朋友，是我兄弟菲利普想要过来跟我们一起住几天。"

"好了，亲爱的菲利普来了。"

与其说亨利·克雷森有很多缺点，不如说他没什么优点：他虽然不凶狠恶毒，但也没想过变得和蔼可亲；他虽然没那么吝啬小气，但也从不想变得慷慨大方；而且他完全不在乎别人的评价。其实，他本身是十分热情好客的，一个男人，一个真正男人的到来，隐约让他松了一口气，因为现在对他来说儿子更像一个天使或者鬼魂。

"菲利普这老家伙……距离我们上回见面有多久了来着？啊对，三周了……希望他一切都好，没什么'情感'困扰。"

他强调了"情感"二字，断然地放声大笑起来，然后走进客厅，撇下了两个怒火中烧的女人。

*

在他原配妻子死后，亨利很快就与桑德拉结婚了，我们知道他深爱着那个逝去的女人，尽管之后从来没有谈起过她，也从未试图疗伤。就夫妻关系来讲，在最初的半个月里，他"敬重"桑德拉，之后就有些疏忽她，现在他时不时地向她表示敬意。桑德拉——拖着虚弱的身体——因这一罕事感到慰藉。

当然，在图赖讷这个地方，一开始就有很多女人向桑德拉告发亨利的出轨事迹。但很奇怪，尽管为数可观且甚嚣尘上，亨利·克雷森也从未让他的妻子知道或者宣扬他的斑斑劣迹。他"上巴黎去"，就像我们之前说的那样，然后一言不发神清气爽地回来。对一个他完全无法真正敬重的女人来说，他想道，这是最起码的了。

这也是他与儿子唯一的联系。他儿子，正如我们说的，也"上巴黎去"，不过他是进入巴黎高商完成毫无希望但适宜恰当的学业，然而亨利担心的是，卢多维克十八岁了，却完全不

心之四海 | 011

懂女人。比如说，他总是形单影只，而且在封闭式中学里，面对的都是一群可怜的乡下男孩儿。男女之事上的空白使父亲隐隐有些担心。特别是两个月后收到花商从四面八方寄来的账单时，更是吓坏了亨利。卢多维克的确傻到会瞬间爱上一个巴黎女孩，给他弄出个孩子或上帝知道什么东西。因此，父亲又去了首都，惊愕地发现这些鲜花，这些花束，费的这些心思都是他儿子订了送给对他有好感的各色妓女。这次，亨利对自己独生子的智商感到欣慰，但又对此感到担忧，他向儿子解释说这样行不通。然而在午餐时，他又思考这究竟为何行不通，如果好家庭的年轻女孩会拒绝他的示好，他为什么不能把花寄给那些愿意献身于他的女人呢？

"哦，想干啥干啥吧。"他最后表了态。

这孩子又继续高高兴兴地做他的翩翩少年。直到更晚一些时候遇到玛丽-洛尔，他才变得倒霉：陷入情网却又不幸，关心另一个人胜过关心自己；不那么倒霉的则是他还未与情人共同生活。

玛丽-洛尔却没有把她的这个恋人看得那么重，起码她更关心自己。她的父亲康坦与母亲法妮·克劳利一直是非常恩爱的，他们之间热情如火又柔情蜜意，这种毫无隔阂的亲密关系可称典范。可是玛丽-洛尔似乎对此很是鄙视。他们俩见到玛丽也会本能地躲开，甚至有点儿怕见她。

康坦飞机失事坠亡，法妮·克劳利因此陷入绝望，消失在了所有人的视线中。她的脸庞不再生动，她的声音不再快乐，她本身也失去了生活。因为缺钱，她不得不工作，在朋友们的帮助下，她在一家女子时装店找了份活儿，慢慢地，她的彬彬有礼、和蔼可亲，以及对他人的关心为自己赢得了一份不错的收入，足以养活女儿和她自己。但对玛丽-洛尔来说，这还不够，于是突然间，卢多维克就变得可爱起来。

若他没将两件事情联系起来的话——一个人的去世与另一个人的获益——那是因为他不愿将之联系起来；即便法妮在卢多维克向她女儿求婚的时候，移开了视线；即便他的朋友们谈论着其他事情，祝贺他时就像恭喜某个要远行，比如说，去非洲服兵役的人。这人，只能自己清醒过来，才会放弃选择。这一切他都能感受到，但他并未深想，因为已被爱情冲昏了头脑。在这种时刻，玛丽就显得十分明智，或者说思虑周全，足以看住他，防止这个温柔、脆弱、富有又悠闲的卢多维克·克雷森落入别的女人之手。从出生起卢多维克就未感受过母亲的爱抚，整个青少年时期也未有女人介入，他真是一个可以轻松拿下的男人；他为爱情痴迷的样子像极了上个世纪可笑的特里斯坦①。

这种完完全全的信任，在他诸多好友那里收获了好评，但

---

① 西方著名悲剧《特里斯坦与伊索尔德》中的男主角，与敌国公主伊索尔德相爱。

落在玛丽-洛尔眼里，却招来了她彻彻底底的轻蔑。生活就是一场战斗。两人之中必有一人会获胜，这人一定是她，也只能是她。卢多维克如此完美的爱人满怀热忱、温柔又耐心地努力着，梦想着能与玛丽结成像她父母一般亲密无间、互相依偎的夫妻，就像柏拉图的苹果一样，即使被切成两半，仍旧是一体，可即便如此，肉体之爱还是让她感到恶心、无聊又害怕。

2

楼梯上响起了有节奏的脚步声,一步,哒,两步,哒—哒,到了楼梯转角平台,哒—哒—哒—哒,年轻人似乎在下楼,还吹着口哨(是弗雷德·阿斯泰尔①的曲子,是个好兆头)。这个青年人花了三十年的时间下两层楼。这就是桑德拉帅气迷人的兄弟了,名为菲利普·勒巴耶,在当了多年的浪荡子和寄生虫后,如今愈发频繁地出现在姐夫亨利的家里,菲利普一度嫌弃乡下,近五年却不再这么嚷嚷了。

这是个英俊帅气的男人,或者说至少曾经英俊过,而且他从未忘记这点(有时骄傲,有时惋惜)。又高又瘦,一天一个主意又散发着男性魅力,最近他很幸运,刮掉了埃罗尔·弗林式的小胡子,避免了过时的模仿,但他还是会习惯性漫不经心地摸着已经消失的小胡子。菲利普·勒巴耶二十二岁时,英俊、富有、有教养且自命不凡,他投身到专门为他这类男人而设的花花世界中,里面尽是些被《头等客人》杂志吸引迷倒的傻女人。他从未与人分享过所得的遗产,就把钱花光了,他早知道如何俘获女人芳心,又不爱上她们,有些年他被邀请到各地,看的都是棕榈树、住的都是豪华酒店、玩的都是滑雪。最近这五年,也有了乱七八糟的情感经历,他相信这就像一个从天而降的礼物,但他总能很快从中抽身,好似这段记忆不堪回首。不论如何,他到那儿了,略带感伤地笑意盈盈,似乎在为一个隐形的摄影师摆姿势,正如那张他骄傲地站在约翰·韦恩[2]和玛琳·黛德丽[3]中间在好莱坞拍摄的照片,他随身带着,无论住到哪里,面对哪面镜子。除了几块金表和一堆用旧了却极漂亮的印度丝巾之外,这张肖像或许是他最宝贵的物件了。

"回家啦!终于回家了!"他欢呼着走向桑德拉和卢多维克。

他友好又谨慎地看了一眼卢多维克。姐夫行事荒谬,但没有为难他,他已经接受这一事实,因为他姐姐,这座房子的女主人已经公开宣布这一点。

"你看起来可真不错啊,卢多维克!"他半惊半喜地嚷着。

---

[1] 弗雷德·阿斯泰尔 (1899—1987),美国电影演员、舞者、舞台剧演员、编舞家与歌手。
[2] 约翰·韦恩 (1907—1979),美国演员,以演出西部片和战争片中的硬汉而闻名,是好莱坞有史以来最伟大的影星之一。
[3] 玛琳·黛德丽 (1901—1992),德裔美国演员兼歌手,其芳名在美国家喻户晓。

卢多维克露出一个疲惫的笑容。

"谢谢。"他说。

"看到你可真高兴！"

转眼间，轮到桑德拉又转向她的弟弟叫喊道："你可真英俊！"菲利普帅气的外表是他唯一的资产，尽管每次见面他的英俊都会愈发逊色，她还是只能说起这个。

"啊，您终于来了！"她又说，卢多维克发觉今晚的玛丽-洛尔身着下午的那件连衣裙轻盈地下了楼梯，他不记得买过那个装饰裙子的首饰，但他的思绪似乎并未真正专注在这点上。

菲利普瞥了一眼他姻亲的首饰，又看了看卢多维克，只见二人无动于衷，他只是笑笑。

亨利·克雷森的到来让所有人忙乱起来。

"亲爱的桑德拉，今天早点吃晚饭会让你感到烦恼吗？一方面，我又累又饿，另一方面，我必须要在电视上看一场工会代表和雇主的辩论，很可能会相当激烈。"每次说起政治，他都是这种讽刺的样子。

"当然了，当然可以，看看，都准备好了。我们这就坐下吧，玛尔塔马上就到。"

*

一家之主亨利从未因客厅的混乱感到难堪，但他也不是那种能跨越重重障碍到达目的地的人。因此，他命人给自己修了一条专属长廊，这条空旷无障碍的小路直达他在客厅另一头的办公室，其他任何人或者家具都不能在此出现；否则，任何遗落在此的物件都会被毫不留情地一脚踢飞，所以一个哥特式箱子上面可能会落着一个摩洛哥的小脚凳。

路线终点是餐厅，放有他的私人电视，也就是说，宽阔的高台上摆有一个铺着桌布的桌子，摆着五套餐具，五把真皮扶手椅，其中一把可以全方位旋转，背对壁炉，显然是为了更好地看他两米外卡在落地窗旁的专属电视机。从另一个角度说，亨利·克雷森自然是面对着他的家人共进晚餐，当然，饭后就会把桌布撤掉，把省级实业家的传真机和各种办公必需品放回去。

亨利迈着坚定的步伐，小跑八米出了他的办公室，把餐巾扔到专门的扶手椅上，然后坐到自己的椅子上。这个餐厅是他自己考虑后定下来的。亨利·克雷森对面是两位男士，身边是两位女士。一吃完饭，他就可以转动扶手椅，从容地看私人专属电视，显然这就是他梦想的生活。当然，他看的节目其他人都没兴趣。他一心想要保持耳根清净，不听他们那些蠢事，但晚餐期间显然是不可避免了。晚饭的时候，这位克雷森大家长有时会冷静地自我哲思，他的儿子很可能精神失常，他的儿媳世俗又愚蠢，他的老婆又丑又傻，还有一个白痴的寄生虫小舅子！他默默承受着这一遭遇，有时会抑制不住怒火，毫无预兆地发脾气。

大家都快速入座——但亦不失优雅,尤其是玛丽-洛尔,她在显眼处佩戴着新首饰,不过她公公甚至都没注意到。刚一落座,桑德拉就开始展示那些粗劣电影里美国已婚女人的拿手好戏:

"我的天啊,我可怜的爱人,您可真是累坏了!您是否意识到,对一个男人来说,在同生意上的可怕对手度过了一天之后,突然回到了我们这样的家里?这差别多么不可思议啊!您一定非常疲惫。"

她向丈夫投去深情的笑容,可他看着盘子连眼睛都没抬一下,必不可少的浓汤终于来了,他只是嘟囔着:

"跟我整天待在一起的可不是凶狠的劲敌,我亲爱的桑德拉,而是一群懒惰的蠢货。况且这也没什么关系。说真的,跟所有这些数字打过交道后能有个房子避一避的确不错。"

玛丽-洛尔用很尖的嗓音喊着,她的表情让人马上想到埃皮纳勒①的画像:

"我说,桑德拉,这叫做战士的安息。"她说的时候带着些许轻佻的责备,惹得菲利普低头的时候想笑,桑德拉也高兴得红了脸——她没后悔离开房间跟大家待在一起——不过卢多维克还是一如既往的无动于衷。

她不发一言,脸色有些苍白,承受着公公突然冷酷下来的

---

① 埃皮纳勒是法国东北部城市。该地为法国知名的版画生产地,并有家专门的版画博物馆。

心之四海 | 019

目光。

"你们知道有次我在街上碰到谁了吗?"桑德拉惊呼道,虽然不明白为什么,但她感受到了空气中弥漫着暴风雨的气息,"我碰到了法国王后!"

一阵沉默,气氛令人不安,因为桑德拉的疯癫真的让他有些受不住,亨利让她再说一遍。

"有一次我在图尔的街上看到了法国的王后。你知道的,布瓦约夫人是瓦卢瓦王朝①的后人。突然间,波旁家族的到来拿走了所有头衔,这些头衔到后来不知以何种方式分发完了。不过,布瓦约夫人是伯爵直系……我不知道是哪个伯爵,但按理来说离王位很近。所以,如果没有波旁家族的话,她自然就是法兰西的继承者和王后……"

她的脸发青了,坐立不安,似乎没找到自己讲话的意义。

"除了波旁家族背信弃义,想必还有其他原因,不是吗?"菲利普冷笑着说,"我知道,你青少年时期就接受过相关的专业训练,很清楚如何向女王行屈膝礼,但我相信一定还有其他阻碍。"

"幸好!"亨利撕着面包说,他可真是受够了这个家,"当然会有其他阻碍。你们想象一下这位小妇人……夫人,你们怎么称呼来着?你们怎么称呼她,桑德拉?这位小妇人太难看

---

① 曾在1328—1589年统治法国,后因绝嗣,瓦卢瓦王朝灭亡,接替的是波旁王朝。

了，光看背影都看得出来！你们想要把她放在全法国人的电视机前观摩吗？"

"呃好，呃好吧……"桑德拉说着耸耸肩,"偶然，这是个偶然。为什么她没有跟现在巴黎的伯爵夫人一样？若是我们身边出了一位法国王后那该多有趣。"

"要说阻碍，还有法国大革命呢。"卢多维克插了一句。

其他四位一起吃饭的人震惊地看他，卢多维克恢复清醒，举起手像是自卫，解释道：

"我也是偶然这样说，顺便一提……"

接着是令人尴尬的寂静，有人想说些什么，最终还是没开口，在座各位都试图挑起话题。

"你呢？你散步了吗？"亨利·克雷森问他受了惊吓的儿子。

"我散过步了，父亲，我都走到池塘那边了。卡鲁夫的老池塘，您还记得吗？"

"没人会在白天的时候去那边，很简单。"桑德拉耸耸肩评论道（而且声音很大），"他没理智、没脑子、记性还差。"

"这总比在图尔跟一群白痴喝得烂醉要好。"亨利·克雷森高声说道，他朝儿子笑了笑，然而不巧，后者并没看他，又回到了平时心不在焉的样子，只有听到他自己名字的时候才会醒神。

"我猜您，您应该是整天待在床上打电话，或者是做一个无所事事的家庭主妇吧。"亨利向他妻子反击，"这个家也就只有到处走走的卢多维克做点事了。"

"但恐怕他已经逛遍了你封地的角角落落。"菲利普说，"我想不到他能做什么，除非有牧羊女在某个地方等他……"

"不再有牧羊女了。"亨利·克雷森刻薄地尖叫，"这种情况下，他不会是唯一在散步的人。您呢？玛丽-洛尔，为什么他散步的时候不陪着他呢？您从来不陪他。"

"我承认，我不喜欢闲逛。"

"自他回来，有一个月了吧？您一次都没陪过他。"亨利问她。

"已有一个月零十五天。"玛丽-洛尔大方承认了，"我七月七号离开巴黎，在此之前我从阿尔卑斯滨海省出发跟您会合。准确来说一共四十七天。"

她刺耳的声音描绘出这四十七天沉重而不惬意的色调。一片沉默，餐桌上方再次笼罩着尴尬的气氛，精明的女主人桑德拉再次打破了这一氛围。

"但是我想，"她说，"我们完全应该给大家寄送舞会请柬，庆祝浪子回头嘛，你们记得这事吧！……回想一下，我们之前已经决定九月底举行，连日子都选好了我却忘记了。天呐！我真是疯了我。"她暂时不顾脑袋骄傲的姿态，晃着头补充道。

*

继任克雷森太太始终相信,她头部的姿态可确保自己的特权和风情。"对一个女人来讲,"她常说(且越来越频繁地提起,因为除了她二十公斤的赘肉外,没什么引人注目的了),"重要的是头部保持姿态优雅,端庄体面,有永恒不变的东西能让所有人向你低头。相信我,这既是武器,也是盾牌。"

亨利感到厌倦,之前他已经告诉过她,重要的不是她独特的头部姿态,而是他的资产。

"为什么,"他甚至明确指出,"要固执地挥舞一个空壳子呢?"

"跟我说说你想要什么,亨利,一个女人的脖子、肩膀和颈背显露出她的教养和尊严。"她反驳道。

而他耸着公牛般的肩膀回答道:"没有金刚钻,就别揽瓷器活。"

"明天我们要开始行动了,不是吗,玛丽-洛尔?要写三百张请柬……不知道您是否意识到了这一点!"

"可别忘了牧羊女们,"菲利普打趣道,"也要邀请她们呀!"

他试图活跃气氛,令众人发笑,无奈他人毫无反应。

心之四海 | 023

"如果有的话，您觉得他会邀请她们吗？"玛丽-洛尔讽刺地问道，"总之，只要他别把她们推到池塘里面去，我们就谢天谢地了……"

她似乎特别有耐心。

自从车祸以来，在克雷森家里，人们习惯了不再称呼卢多维克的名字，他们心中真正的卢多维克已经死了。因此大家都用"他"来代替，在他本人面前说着关于他的任何事情，就像他不存在一样。此外，卢多维克的目光总是透过窗户徘徊在村里。

亨利·克雷森看着玛丽-洛尔，突然拖长音调对她说：

"我亲爱的玛丽-洛尔，您这么一位十分准时的人，能告诉我现在几点了吗？"

"快八点二十了。"回答时她都不看一眼公公。

"非常感谢。"亨利·克雷森补充道，"抱歉各位，我真的该去看辩论了，无论如何我都不能错过。谢谢，待会儿见。"

*

他冷酷地转过身，背对还拿着勺子吃甜点的其他人，拿起遥控器打开了电视。在短暂的运转不良和天气预报后，他满心期待的辩论开始了。

剩下的人也有他们的电视,在摩洛哥风情客厅和芬兰风情客厅之间,他们在中国风沙发上坐好,打开电视。除了扣人心弦的美国电视剧之外,没什么可供选择的节目,对其他法国人来说也是如此,现在大家都知道了最新一季十集连续剧的内容。说实话,菲利普跟两个女人一样对商业大亨曲折的情感故事兴趣十足,他们被执拗又有野心的妻子和愚蠢堕落的孩子逼得进退两难。卢多维克,已经看完了一集电视剧,但让众人失望的是,几乎是在一开始,他就马上睡着了。不过他还是坐在沙发上盯着电视机的小黑匣子,装作兴趣盎然的样子。十分钟的广告结束后,是伴有悲情音乐的片头,接着,所有人都被拉入情节中去。

亨利·克雷森这边,雇主方的对手,工会一方正在发言,他边听边不时打哈欠。美剧完美收官,谢天谢地,全法国的人看到最后都在哭。感人的时刻让两位女士红了眼,不过菲利普在他的姐夫面前忍住了眼泪,不然可要被嘲笑半个月了。他一副无动于衷的样子,冲卢多维克眨了眨眼,而卢多维克之前在老实又天真地看连续剧,对他来说,似乎只有欢欣鼓舞的片尾曲能引起他的注意。

亨利这边,两位领导者在告别,现在两人都不再努力钻牛角尖了,选举临近,政客们也没时间搞清楚为什么和怎么办。两个同伙停止了喋喋不休的辩论,这使得亨利一跃而起,转向长期以来都违心地与之频繁打交道的人类这边：

"他们全程都在说废话。两个傻瓜！啊，可怜的法兰西！"他还是相当高兴地补充道，因为前一天他刚在股市里赚了一票，不过这种喜事儿他也只能跟秘书分享，毫不夸张地说，那是个阿谀奉承之徒。

他甚至没有跟家里人说一声。因此他突然起身又说道：

"不论怎样，也不能说（他还是不怀好意，因为他自己咕咕哝哝的声音曾贯穿了四间房）他们的辩论妨碍了你们的美国情节剧！"（然后又补充道，）"最后，祝你们晚安。"

一切都是那么突然，他将之前放下的背带重新拉上去，一脚踢开挡了他道的高棉小雕像，这座雕像经过简短的飞行越过摩洛哥坐垫，然后似乎消失在花园某处去兜圈儿了。

在这个秋日的傍晚，天气真的很温和。如果不是因为电视观众随着电视剧主人公同悲同喜，卢多维克可能早已跑到屋外去找小雕像会合了。

在交换过对这一绝妙连续剧（只有美国人会用他们众所周知的技巧来这么表现此类和解的戏码）微妙、细腻的不同评价后，在强调了其豁达的精神、宽广的胸怀和剧中人物惊人的智慧后，桑德拉尽力去重述剧中的最后一句话：

"是的，我亲爱的斯科特夫人，您爱他，但还不至于为之去死，因为爱情有时很折磨人，直至死去才会停止。"这是由女主人公的黑人奶妈说出的话，在老电影中常以一种没有恶意的"忠奴"口音反复出现，克雷森纳德的女主人却不喜欢。这种温厚的南方语调引得她的兄弟菲利普难以抑制地疯笑起来，因此他逃回了自己的房间。两位妇女继续讨论在某些片段中她们自己可能做出的行为（"对，对，我们得承认这点。"）。桑德拉看到她继子的脚从沙发上伸出来——可能是墨西哥风格，或者贝都因风格的，没人搞得清楚——怀着同情心问了他一个问题：

"您呢，卢多维克，您爱过吗？"

"我看得不全，"他承认道，"但是刚开始的时候我听到的对话，似乎有些……难以理解。"

"别对他有什么期望。"玛丽-洛尔沮丧地说道，"卢多维克长这么大看的电影不超过五部，读的书可能也不超过十本。更别说欣赏一幅画作了。"

面对两位女士的轻蔑口吻，卢多维克心无芥蒂地笑着，淡定地表示他是读过书的，而且一直都很喜欢诗歌，在她们怀疑的神色下，卢多维克突然朗诵：

你这双眼睛，
甜也罢，苦也罢，
真是金铁相杂，
冷若冰霜的一对明珠。

心之四海 | 027

"哪怕吟诗,您都对女人颇有微词。"玛丽-洛尔评论道,"可怜的魏尔伦!"

"我觉得,这是波德莱尔的诗。"他温柔地纠正道——这让玛丽·洛尔没法得意洋洋,反而十分尴尬。

"明天您翻书确认吧。"她笑着说。

接着,她挽起婆婆(她,可不会区分这两位诗人)的手臂,桑德拉疲惫又感伤,紧抓着她才能爬上楼梯。于是两人如倔强的山羊般攀登楼梯,玛丽-洛尔因为生气,扬起了她的尖下巴,显得她愈发精力充沛。

*

房间里面,管家小心地关了电视和灯。只留下楼梯扶手处的瘆人光亮。时代更迭,其中不变的是它们相似又真实的丑陋,电费账单倒变得算是令人宽慰。亨利·克雷森在家中发扬资产阶级作风,已经很久没碰过开关了。他时不时把桑德拉用的四十瓦灯泡替换成两百瓦的,妻子爱用的微弱光线把他搞得十分郁闷。他甚至禁止在家里任何地方安装低于八十瓦的灯泡。

桑德拉,正如亨利一样,知道如果一直让灯亮着、让电视响着或者其他什么耗电的开着,会非常费钱,但她没办法摸黑上楼,看病诊金可比开灯的电费更贵。因此她会朝独自待在客厅的卢多维克喊道:

"一定要记得关灯!"

深情的继母最后一句话饱含情意和温柔关切。

*

卢多维克和玛丽-洛尔的房间是新婚夫妇的,或者说,出了事故的小两口的。卧室很宽敞,在宅子另一侧,面朝山丘,从房间那儿顺着小楼梯走下去是一间摆了长沙发的起居室,小两口可以在这儿休息或者玩闹着读点儿书。

卢多维克这一奇迹般复生的前低能儿,理应和妻子在房中度过柔情蜜意的夜晚,但目前对他来说,一楼起居室里的小野营床、绿植和几本书,却有用得多。

朝向露台的起居室大落地窗开着。卢多维克从那儿进来,迅速地脱了衣服,然后套上了一件相当滑稽的睡衣,或许更适合小婴儿穿——似乎他已经穿习惯了。点亮两个床头灯后,他开始踩着两屋间的楼梯往上走。

"玛丽-洛尔?玛丽-洛尔?"他温柔地唤她。

他的妻子粗暴地打开门。

"您想干什么?"

她的声音在楼梯间回荡,从一直开着的落地窗溢出到屋外,但她担心丑闻影响不好,所以又立即放低声音。咬牙切齿地用气声说话,却显得更加咄咄逼人。

"您想怎样?您还想怎样?!"

"我想跟您待在一处，"卢多维克慢慢地，就像用一种极周到的礼貌语气在讲话，"我想要重新跟您在一起。"

"做梦！我已经跟您说过了，永远不可能！"她不作声了。

玛丽-洛尔已经下了一级台阶，现在她俯身倾向他，因为愤怒和怨恨而面目狰狞，这张脸仿佛没有了年龄。她穿着一件睡袍，宽大的袖口中伸出一双消瘦的涂了指甲油的手，抓住楼梯两旁的小栏杆，仿佛是为了忍住不掐死他，她突然间就变得像某种巨大的蝙蝠，极具威慑力却非常危险，就像孩子在动物园见到会害怕的那种。

卢多维克上半身后倾，不由自主地也紧抓着楼梯的木质栏杆。所以夫妇两人不像是在玩爱情游戏，更像是两个不共戴天的仇人，要拼个你死我活。

至少在亨利·克雷森看来是这样的，他靠着法国梧桐，遮挡住身形，他可以从正面看到儿媳和他儿子沮丧的脸。十米之遥，所有从这扇亮堂堂的落地窗中涌出的画面、说出的话，亨利·克雷森都看到听到了，那些画面和字句让他面色凛然。

"我痊愈了。"卢多维克慢慢答道，"我爱您，我已经好了。"

"你听好了，我不想如此冷酷无情地告诉你，但你每晚都这么固执逼得我不得不说：你没有痊愈，你永远都好不了了！我，我每次去看望你的时候都能看到你穿着绑疯子的紧身衣、在地上爬、咬人、流口水、和你的疯子伙伴们像白痴一样地笑，你还指望我忘掉这些？！太恐怖了！你真的相信我会跟一个野兽般的恶毒白痴睡在一张床上吗？我永远不可能让你挨着我，我们走着瞧，你想想吧……没有一个女人能做到。看看你，空洞的眼神、垂着的手臂，真是令人作呕！你懂吗？你明白了吗？"

亨利·克雷森从自己的位置只能看到他儿媳扭曲的脸和卢多维克颓然的肩，他露出了古怪的表情：盛怒的木制面具那般，就像某些遥远岛屿上的膜拜对象。

"我从来都不恶毒。"卢多维克说，"我只是曾经睡着了。"

"你又怎么会知道呢？卢多维克，我们离婚吧。越快越好，算我求你了，晚会后就离婚！永别了。"

她转过身，重新登上楼梯尽头，绊到了最后一级台阶，于是低着头回到房间，这让她的举止少了些戏剧性。

卢多维克慢慢转身走下台阶，然后平躺在床上。他和父亲有着一样的神情，冷漠又疏离，完全没表情但并不凶狠：当他用一根老旧松动的火柴点燃香烟时，轻轻松松没有丝毫颤抖。

3

这天,图赖讷的太阳如同奥斯特里茨战役那天一样苍白耀眼,阳光穿过了卢多维克修道士般的房间,不一会儿就将慵懒放松的卢多维克从美梦拉回现实的忧郁。他眨了眨眼,想起了总被妻子厌恶和疏远的那个男人,从此他明白了,那就是自己。他含糊不清地呻吟着,扭头贴着枕头。卢多维克睁开眼,看着从短了一截的睡衣袖子里伸出的手腕,不再是他曾经雄壮有力的手臂,取而代之的是如少年人般突起的骨头。自他回家以来感受到的所有孤独、恐惧、失望,现在都被玛丽-洛尔揭开,对他来说,这比曾经无尽头的灰暗日子更加难熬。看看他现在的姿态、外貌,知道他人对自己从何而来的厌恶反感,他甚至不能去责怪曾经在疗养院厚厚玻璃门内的那个自己,变成那个样子是如此快,又那么慢。卢多维克从没有对自己倾注足够多的关注——事实上,他也从来没有时间——考虑自杀,最终结束他自己刚了解的生命。疗养院里没有镜子,只有一块正方形玻璃用于刮胡子，只有当医护人员们确信你有活下去的欲望时，才会给你镜子。所以直到过去了两年，卢多维克才第一次重新看到自己的样子。把他送回克雷森纳德庄园的救护车停在一家药店门口时，他才在药店玻璃上看到了一个年轻小伙子的脑袋，倒影中的他既陌生又激动。回到克雷森纳德后，桑德拉和玛丽-洛尔都说："你变化可真大！"但没细说，所以她们并没有当场打击到他。相反，马丁一脸高兴的样子——"先生比上一次气色更好了"——让他想笑：其实马丁曾看到过他不省人事时的样子，当时已经准备好了他的临终涂油礼。严格的桑德拉在这场临终圣事中，嗅到了欺诈的严重性，准确地说是一个疯癫的神甫通过一个身处灵薄狱的无神论者来榨取钱财。实际上，虽然她之后才说出来这点，但她最想要责怪继子的阴险狡诈。她害怕丈夫的推搡，这个男人虽然举手投足都令人尊敬，但有时也会有无法辩解的粗鲁举动。在他们刚结婚的时候就有过一次，他轻轻敲打几下她的肩膀，暗示她闭嘴，然而她还滔滔不绝，于是小小的敲打变成了在她肩胛骨间的大力击打，推得她向前栽倒。或者是另一种截然不同的方式，突然紧紧抱住她，勒得她透不过气，亨利的大力拥抱粉碎了所有她企图发表的有关卢多维克的言论，也打破了她最后的伪善。这回，亨利·克雷森仿若一头嫉妒的跖行①动物般紧紧拥抱着

---

① 哺乳动物行走方式之一，像灵长目就属于跖行动物。

她,并在她耳边用气声说:"他死了您更高兴是吧?"情况显然不是这样。但再聪明的男人也并非都具备出于某些顾虑而应有的细腻。即使是女人,玛丽-洛尔也未曾明白她婆婆的观点。

*

时间还早,对克雷森纳德庄园的客人们来说相对还早,"但一家之主已经在破晓时分出门了"。桑德拉对房子里起床后聚在餐厅的人说(她鼓起勇气才下了楼),语气中夹杂着钦慕与惯常的悲悯。

"他已经不再满足于八点出发去办公室了。"她激动地说道,"六点就出发了。我问他为什么,他的回答很奇怪……或许是我没听懂……"

她展开一个略带疑惑又俏皮的笑,引得了在场所有人的注视。

"我们可以帮您弄明白,"菲利普说道,"我们已经习惯了您丈夫的狡黠。"

"他回答得逐字逐句:'我的小可爱,好好跟你枕头的旧羽毛待在床上,我回来之前哪儿也别去!'"

菲利普、卢多维克和玛丽-洛尔放声大笑。桑德拉也跟他们一起笑,笑得她三脚椅子都倒了,这个三脚椅子云母质地,包上了防火布料,拆不开也摔不破,不生锈但也万年不变,总之,是买不到的椅子。她只得优雅地一屁股坐在与之身量不相称的摩洛哥软垫上。

她抬起手指，指着管家马丁。

"应该把这个寄回到瑞典的工厂或者其他什么地方。"她一脸严肃，想得到肯定的保证。

"这家工厂破产六十年了，"菲利普小声嘟囔，"抱歉。不过，我可以给你一把花园扶手椅，跟这把出自同一个装饰师之手，他叫舍格尔，但是，哎呀，他最后消失不见了。"

"现在不再流行好看新颖的事物了。"他姐姐边惋惜边又拿了一块蛋糕，之前她的那块滑到"瘤牛"下面去了，这样称呼其实并不确切，多亏了反复多次耗费巨大的修补，我们才能保留着它的骨架、皮毛和头部。

这头凶残的野兽，不过是最奇特的博物馆中一件不知名的物品，吓唬小孩了和动物屡试不爽，成人也都见之色变。慢慢地，大胆的狗狗将之撕咬成碎片，它的皮毛、鳞纹变得千疮百孔，严格来说，这只野兽要么已经是面目全非，要么就是地球上梁龙时期最壮最丑的一种动物。这样的一头瘤牛庄严地坐在客厅里，它粗壮的尾巴环绕着图坦卡蒙仿制石棺，头抵着哥特式的大衣柜，这曾经是宗教裁判所一位神甫的衣橱。尽管如此，这具残骸还是不堪入目。况且，这家人也都不再看它，只有外人还会被吓到，因为想必它是同类当中的巨头（正如桑德拉预料那样，没有挑战者能赢过自大傲慢的梁龙）。

心之四海 | 035

*

其实亨利·克雷森睡得不好，很早就起了。前一天晚上他在法国梧桐旁看到的玛丽-洛尔和卢多维克的那一场争吵让他辗转难眠。之前他没有上心保护儿子，一直习惯性地认为儿子活得挺开心，但现在他看到儿子无法变回之前那般快乐。在这片屋檐下，还进行着不公平的邪恶斗争，被针对的受害者名为卢多维克，他身上流着自己的血，自己也应当对之负责。因此，亨利·克雷森醒来之时心情很差，随之这种情绪转变为对自己、对别人的愤怒，除了完全抛弃他、彻底离他而去的原配妻子，他恼恨所有在人类中生活并迫使其像可悲的动物一样交配繁殖、一起生活的人。

我们本可以说，亨利·克雷森终身都活在坏脾气中，或者说，永远都在发怒的边缘，但是错了：在他看来，这一脾气有理可循。一单生意没谈妥、有人跟他对着干、一个漂亮女人惹得他烦、他不期待的事情发生。到最后，他就有事要忙了。但除此之外，还有什么事呢？

哦对了：和老相好的妓女讲讲卢多维克这个大傻瓜吧。亨利上车后，想起在那人住的街道不好停车，于是决定换个地方见面。于是他去找她。

阿默尔夫人早已先于亨利赴约，但他没注意这点。她还有时间用鸡毛掸子打扫一下酒吧，腾出两个高脚凳，放到远离其他人的地方，就好似这两个用来坐的木制小东西是不受欢迎的证人般。她还拿出了一瓶威士忌、一瓶里卡尔茴香酒、一瓶巴黎水和一瓶可口可乐。我们永远都不懂：男人们会变，他们的口味有时也会变得越来越奇怪。

亨利·克雷森迈着轻快的步伐进了门，十分熟稔地穿过前厅，来到阿默尔夫人面前，捧起她的指端，鞠躬，亲吻。他隐约记得她喜欢这样。这样做或许符合她对绅士的看法。

亨利坐在阿默尔夫人旁边的高脚凳上，手在四瓶饮品上方犹豫着，最终还是脚尖着地，站起了身，或许是因为他中等体型但是腿比较短，他从高脚凳上跳下来，去找了一瓶伏特加拿回到吧台上，费了同样的力气坐回去，洋洋得意地把他的战利品放在桌上。

阿默尔夫人不会任由他自己忙活，她在他身边帮忙，找冰块、苏打，除非他不喜欢印度奎宁水（？）？等等。最后她停了下来，也倒了一杯伏特加，两人碰杯，像老朋友，或是两个不认识或已生疏的人一般，事实也的确如此。

"您总是那么美。"亨利·克雷森声音硬朗，恭维话从自己嘴里说出来让他感到很无聊，若是别人说出来，会让他更无聊。

"您说笑了，"她回答道，"您还是这么风流倜傥，爱开玩笑。"

心之四海 | 037

"就没正经过。"他笑说。

他吞下一口伏特加,然后突然觉得要说的话别扭又可笑,阿默尔夫人虽是一身教师装扮,但过于美丽,过于有趣了。阿默尔夫人立即预见到接下来的谈话不会那么轻松,于是向他抛出几个固有的没用问题,她很清楚如何展开话题:"他怎么样了?为什么大家都不怎么看到他了?他在忙生意吗?似乎所有人都只议论他和他的成功……甚至是在巴黎。他真的有政治野心吗?"除了最后一点,他打了一个手掌朝下展开的简单手势,其他的都简单带过。

"政治。没门儿!骗局!最正规的骗局!"

她点头同意。

"好!"他边说边用手掌拍着吧台,"我不想浪费您的时间了。跟您说正事儿吧:我的独子卢多维克,他曾经历过一场严重的车祸,您知道吧?"

"这是自然,当然知道了……"

"好,您知道吧?车祸后我们把他放到那荒唐的疗养院里熬日子,他在那里面待了很久,浪费了我不少钱,还有从差劲的精……精神病医生那儿买的药,您清楚的吧?当然。我们严守秘密真是白费功夫……"

他又一次冷笑。很奇怪,阿默尔夫人感到尴尬。其他什么话题她都想到了,就是没想到他会谈论儿子的问题。这很奇怪。

"正好,我们还没怎么讲过您的儿子。更准确地说,大家也说起过他,但也只说一些蠢话。人们都不清楚情况,不再有他的消息了。"

"对,正是这样,"他说,"您见过他吗?"

"当然没有,他不露面。市政厅的园丁在您家卸什么货的时候曾偶遇过他。远远看到他,纸片人一般,但是他没说话。这样很不明智。您的卢多维克应该出门,露露面,让众人看看,他并不是……"

她没说下去,继而耸了耸肩。

"并不是个疯子?"亨利·克雷森接话道,"就算他曾经疯癫过,现在不是了。正相反,一些蠢货正闹得他头昏脑涨。他很快就会重拾工作,但这所有的一切对他打击很深,您明白吗?两年间他被逼着灌了各种镇静剂,任何人都受不了。"

"我相信您。"阿默尔夫人赞同道,准备接上这一感化人的故事,但他马上挥起了手。

于是她继续洗耳恭听。

"两年间他都没碰过女人。就像所有克雷森家族的人一样,我们说他血气方刚,但是两年来他都没有女人,这太难熬了。"

"但是他妻子立即动身去找他了,还那么担心他!您家那位儿媳妇可是个美妙的可人儿,而且,她那么迷人,还……"

心之四海 | 039

他打断了她。

"并不,她或许很漂亮,却是个坏女人,一个野心家,总之,没一处适合我那天真善良、讨人喜欢又殷勤的儿子。他不会从中走出来的。"他带着一种模糊的怀念之情说,"总之,不管他是怎样,她都迫使我儿子相信一个女人不可能跟疯过的男人重修旧好。就是这样,那女人无情地打击他。她不肯跟他睡。"

阿默尔夫人惊了一跳,差点儿从高脚凳上跌落下来。鉴于她的职业,"不肯跟他睡"是她听过的最骇人听闻的事了。

"但这……这,这太恶毒了!而且还不合法,您知道吗!您可以强制要求她……"

亨利·克雷森的表情告诉她,没什么可强制的,除非她愿意听他的话。

"那您打算怎么办?"

"我想尽快地让他对此安心。我真是懊恼还没让您见过他。他这次回来比以前更俊俏,更有魅力了。他可是个帅小伙儿,您记得吧。"

"哎,是的呀!"她点头说,"这孩子曾经帅气又阳光,讨得女孩儿开心,而且女孩儿都很喜欢他。您儿子之前真是个妙人,我真想不出药物怎么会把他变成一个……一个……一个蛮人啊。"

"我也没想到。所以需要您的一位……小姐让他安心。您觉得行得通吗？"

"这是自然。"阿默尔夫人同意道，可卢多维克·克雷森那含糊、古怪又令人担忧的声誉又让她产生了隐隐的困扰。

但是问题没么简单。我们来看看可以挑谁呢？……谁呢？……谁呢？许多轮廓、面孔在他眼前飞舞。可要么太年轻要么太蠢……

"很显然，我要的既不是小笨蛋，也不是神经质。"亨利·克雷森说得更确切些，"我需要的是一个不论什么情况都会疼男人，懂得照顾他的女人，贤惠女人。那我们就这样说定了？"

"等一下，等一下……我刚好想到一个年轻迷人的女孩儿，您本人都没见过的，刚从巴黎过来，准确地说是克里希镇，她可是天不怕地不怕。"

"但是我儿子需要的可不是胆儿大的姑娘！"亨利·克雷森恼火地又拍了一次吧台。"他只是需要一种新的生活体验。总之，我们帮帮他吧。一旦解决这个问题，一切都会好起来的。他也是，我们也是。"

"对您可怜的妻子来说，这可是不太可能的局势。"

"哼，她什么都不懂，而且她从来都一无所知。但是亨利知道，因为他那个婊子老婆告诉了他，所以他觉得自己变得惹人嫌恶了。事实并非如此。另外，其实很简单，午餐后，我开车把他送到您那儿。"

"看呀,克雷森先生,您说笑了,我完全相信您!这个高大的年轻人……"

他草草收拾了一下吧台。

"正是如此!我想让您见见他。不然您该责备我糊涂,要么就是完全赞同我。大概两点半我就到了。"

说着,他就转身开了门。阿默尔夫人面色通红,脸庞因她微妙的任务而变了样,抓起一张纸、一支笔,开始写人名,这些名字仿若春天时树上的苹果,一个个坠落笔尖。

*

十二点半了,也可能是一点。亨利·克雷森本可以回家吃午饭,然后把儿子卢多维克夹着胳膊带走,但他想了一瞬:那顿家庭晚餐已经让他疲惫不堪,恼火又烦躁,一天之内这样吃两餐可就难以忍受了。于是他在路上一家去过的小客栈前停了车,这家有美味的里昂大香肠,但他妻子不太喜欢吃。不过还是要往家里打电话确认一下,别让卢多维克吃完饭后到处跑,他回去了找不到人。

马丁以一种逻辑严谨的男人嗓音接的电话,这意味着他应该是做了什么蠢事,这种情况下,他的脸色会前所未有的镇定,隐约像是卢多维克很喜欢的科幻连续剧中的主人公斯托克先生。而且,这也是他们共同认识、崇拜的唯一一个科幻角色。

"太太和先生们在……"府邸管家以一种悲痛又镇静的语气说。

"我没问他们在哪儿,我只想让他们中的一个接电话。哦,对了,不用费事儿了:只需要告诉卢多维克午饭后我会回去找他。"

"老爷您午饭后要找小少爷?没问题,老爷,我会告诉他的。"

"你还好吗,马丁?"

"我很好,多谢老爷关心。"

亨利匆忙挂了电话。克雷森纳德庄园应该又在上演一场家庭戏剧,他很庆幸自己灵机一动躲过了一劫,至少逃过了一小时。"舒服地躺在一把英式扶手椅里,脚边卧着狗狗,一大瓶苏格兰威士忌,壁炉里的火燃得正旺。"他有时会向往:真是游手好闲的傻瓜白日梦。

他从幻想中清醒,清早晨起,一早赶到空无一人的工厂,那种不适感一直伴随着他。重点是,自那之后他做的几件古怪事也没让他分心。其实,一场暗流涌动的斗争正在他的屋檐下悄然展开,他既没想到,也没意识到:这是第一点令他不快之处。第二,力量间的对比完全无公平可言:对战的一方不堪一击,另一方却凶残可怖,前者最是温和柔软,这种情况下,我们无能为力。最后第三点,要安排好一切,因为受害者是他的血脉，他的直系血亲；他的独子。

正如现在他隐约预感到的那样，卢多维克这一苍白的男孩，所有人都能攻击他，却没人能保护他，只有这三年来的沉默保护他。当然，他本人已经礼貌地不去听或不去看那些令人不适的言语或恶毒行径，不理会那些最荒谬的态度，比如说，在他看来玛丽-洛尔的阴阳怪气。当然，他现在发现她拒绝与丈夫同床，卢多维克已经忍受了这些"不"一个月，她将其男人的尊严狠狠摔到地上，亨利看问题的角度发生了变化。加起来有多少个夜晚，她对这样一个爱着女人们的男人说着最恶毒的话，不过，天知道卢多维克是否爱她们，更不要说他亨利，因为卢多维克的爱总是掺杂着温柔、保护和脆弱。前一天晚上，在这棵带着天意的法国梧桐下，他或许已经目睹了最糟的情况，当时他远远地看到两张面孔，其中一张脸在听到这个坏女人骇人听闻的话时，被羞愧、恐惧与拒绝所蹂躏，以至于无法相信事情还有解决的余地。这个有着漂亮小脸的恶毒女人在他儿子面前张牙舞爪，给出致命的打击，现在她真是什么都做得出来。

于是他意识到，有些年轻人面对此类物种会崩溃或者成了胆小鬼，他们还不得不跟她们生孩子，过日子。不过，亨利他本人可什么都不怕，就算是那些可能会取悦他的生物，他也不怕，他没忘记自己生性残酷，还有着比搞破坏的欲望更毫不留情的生存、享乐和领导他人的本能。但那天，他已目睹了可能是某人命运终结的一场彩排,他本可以幸福,也曾幸福过,他知道的,卢多维克不缺少对幸福的准备。但是目前,他的儿子像是已经被毁了:有时亨利感觉他像是一个天使或是鬼魂。卢多维克一定得重拾自信,把这个外表温柔、服装整洁的蛇发女妖打翻在地,他的这位妻子虽然外形优雅,但精神粗鄙,是一个残忍的人。

之前,亨利·克雷森读过巴尔扎克全集——或许是在二十岁?——在他人生中最骚动不安的时刻,他想到了这部浪漫主义作品,在他看来,故事主人公通常多愁善感,有些懦弱,在一个充斥着抛弃和灾难的世界,其中有受害者或不懂人情世故的人,小野心家和有钱的大智障。啊,不!不!他的卢多维克并非这些幼稚的厚颜无耻之徒中的一员,也不是野心家。一个正常男人不会通过女人发财。他忍受可怜的菲利普这么做只是因为这个小舅子是他的姻亲,身无分文,而对他来说,没钱就像得了带状疱疹或者脊髓灰质炎一样可怕又可怜。

他在办公室里迷失在思绪中,折断了三四根铅笔,戳破了几张纸,这些纸成了飞镖被投掷到楼下并向他的秘书们宣告着,这天不要,千万不要惹恼他。对他的员工来说,从二楼飞出,盘旋在一楼门窗玻璃前的飞镖就像一个警钟。

*

六十八年前西尔维亚·阿默尔在图尔出生。她花十年的时光旅行和学习知识，回来的时候已经挣了钱，不管怎么说，掌握了技术和资本，可以为自己的任性买单。更何况她已经放任消息渗透到这座城市，人们都知道她有钱，工作值得称赞甚至可以说光荣，还有在她消失期间获得的各种成就，她已然是这座城市众所周知的名人。这是她所学知识之一：永远不要让人们忘记或轻视您。不论是谁，缺席很容易让人信誉扫地；对外省人来说更是如此，在他们看来，不住在自己的城市意味着在那里已经无论如何生存不下去了或者不再愿意住在那儿，这种情况可能意味着暂时的破产。

她回来十年了，圆脸白发的阿默尔夫人略显丰腴，带着外省有钱人的那种优雅，她还是一家特殊酒店的老板，在那儿她特别庇护一些不幸的、被丈夫殴打或被生活击垮的女子，在这座美好城市里扮演着令人惊叹的不同角色。她手中掌握着一支由世界各地，准确来说是外省女人组成的政权，她们丰满诱人，在她的恩惠下，接受她的指示，就像天花或霍乱一样扩散到了数不清的拜访中。因此，阿默尔夫人自认为持有两种相近的角色，她既照顾男人的身体，又关心女人的心灵。而且几乎自然而然地选择了在她看来唯一一个重要的、正确的城市，即便她已经依次在里昂、迈阿密、底特律居住过，奥尔良是她在大千世界中长途旅行的最后一站。我们忽略掉在这十年中她可能经历过的婚姻或恋爱关系，但我们很清楚她与某些有权势的人物保持着最坚固的联系，任何敢去烦扰她的人都是在做严重的蠢事。

她领导着圣朱利安教堂的唱诗班，管理着它的资金，本堂神甫是一个彻底精神错乱的可怜男人，但不知为何她坚决对其原因守口如瓶，在教堂与神甫间，在她负责的所有慈善机构，包括某些略违法的慈善组织中，她都不乏权力。面对危险和麻烦，西尔维亚·阿默尔总会拿出她的厚脸皮，平静地向富人露出专属的亲切微笑——不过，有时当她要收买人心或者发出致命一击时，也对穷人这么笑。

长期以来，亨利·克雷森都是应召女郎的忠实客户，无论从美感上还是技术上，她给他送过去的小姐都呈现递减趋势。随后他与桑德拉·勒巴耶的婚姻使得他脱离了这种有些过于显眼的关系，转而将他的热情投向巴黎或者半路上的某些旅馆。于是，他重新发现了乡下角落的美女。至少他跟她们在一起时表现得殷勤且彬彬有礼，对自己来说也更高效。

*

他回到克雷森纳德庄园接卢多维克的时候，一小家人正在露台上品尝甜点。亨利·克雷森吃了一惊，发现这一午餐场面十分精致，有着花园里漂亮的树木和巧克力的香味。他坐在车里打量着宴席上的每个人。桑德拉，这个能干的女人变得可笑起来；菲利普，他的寄生虫小舅子是个大傻瓜；玛丽-洛尔，这个坏女人没有快乐、没有性,还没心没肺。看到最后一个不那么可耻,他打手势招呼卢多维克过来。或许有些陌生,有些模糊,对他老婆来说过于脆弱过于天真了,然而……那不是他,亨利喜欢天真无邪,在他看来,这是出于胡闹或机能不全……

"那你们两个要去哪里啊?"桑德拉喊道。

这声嘶哑又激动的呼唤把两个当事人吓了一跳。卢多维克仓促地关上了车门。亨利嘟囔着模糊的句子,加速开车飞速逃离,直到上了省级公路才减速,而和这条小路几乎平行的有一条康庄大道,通过无数无用的环岛,几乎到达各处。他暗地里更喜欢要多走十公里的老路,避开环岛、红灯和绕行的路,简言之,避开所有的最新进步。

卢多维克·克雷森以一种路人的眼光看着,在想这条路具备这般田园牧歌的情怀,但过时了。汽车不再光顾这条路。公里指示牌插着红旗,字母被雨水冲刷褪色,看起来像真的里程碑。人们忘记修剪的黄色和绿色的树木像是温和又怀旧的暗礁。还有那些只靠一根杆撑住的白铁广告牌,低头一看写着:"距蜗牛封地 300 米""此处吃喝",或"玩笑之人的约会"。然而在乡下的寂静中,我们再也听不到丝毫的玩笑声。事实上,这是一条已经被最近的竞争对手打败的失败公路,几公里外的地方,我们有时可以分辨出轰隆声,这条道路不应该展示给相信进步、追求速度的孩子们。因为他们当中没有人会想起"玩笑之人的约会",因为就像亨利·克雷森,他们从不踏上这片土地。

卢多维克一言未发。他的父亲加快速度,直到在一次急转弯后,他得以察觉到曾经的宪兵,三四个宪兵正在吸烟,在路上回过头来。

"我们要去哪里?"卢多维克用一种随和、温柔又好说话的语气说道。

"如果我跟他说我们要在赤道的一个村里待三个月种小豌豆,他应该会同意。"亨利想道。因为很少有父亲关心孩子的无助,所以他对自己的担忧感到恼火。

"你还记得阿默尔夫人吧?"他问道,不过是以肯定的语气。

"当然了。"卢多维克干劲十足地说道,随之脸色忧郁下来,亨利感觉受到了鼓舞。

"我在餐馆遇见了阿默尔夫人,她邀请我们去她家喝一杯。她想给我秀一下她的新牲口。似乎棒极了。然后我心想:'嘿,要是总被困在克雷森纳德庄园的卢多维克没什么事做的话,他也不怎么开车,或许会喜欢去那儿……'当然,夫妻生活没什么意思,我们都这么觉得,对吧?"

亨利·克雷森放声大笑,想表现得猥琐、默契、习以为常,但这完全不是他的风格。

阿默尔夫人已经在那儿了，还有两位可爱迷人的女士，像在晚上一样化了妆，看样子她们对此次见面非常高兴。

闲杂人等逐渐离场，先是他父亲和其中一个女孩儿，随后阿默尔夫人自己也离开了，留下卢多维克和另一个女孩儿面对面在小客厅里——不过像是牙医的客厅——笼罩在半明半暗间，甚至有些令人不安。昏暗使得这一美丽生物与克雷森家族继承者对峙起来。卢多维克像一片树叶般瑟瑟发抖，那些很久以前的感觉又回来了，他表现得不像是爱情的主人，更像是一个匈牙利骑兵。然后，阿尔玛——因为她叫阿尔玛——问他第二天能否不回去，而是待在她家"大家都更自在"。他以一种在她看来十分迷人的热情回答道："好，好啊！"

*

亨利·克雷森为自己的体贴感到愉快，在楼底下等着儿子，等他从通道里出来就拍一下他的肩膀以示庆贺，完全忘记卢多维克已经三十岁了。

"守口如瓶，嗯？"他建议道，"如果有哈尔比亚①在头顶监视着我们的话。"

"我觉得玛丽-洛尔不会怀疑我的忠诚。"卢多维克深思后快活地说。

---

① 司暴风的有翅女怪。

"是她的错。不管怎样,阿默尔夫人带的新人卡罗利娜都因为你更喜欢阿尔玛而心碎。我要告诉你,儿子:你一直都帅气迷人,但是自从你……你辗转各地的那些日子后,你变得比以往更好了。你现在还……嗯……怎么说……变得有趣了。"

说到这儿,他们像内行又笃定的年轻人一样,交换了一个自信甚至有些洋洋得意的笑,在此之前,他们还从未有机会也没想到在这种事上,分享彼此的秘密。

回家路上,他们停在路边一家名为"十字路口"的咖啡馆前,一起喝了一瓶珍宝①。然后卢多维克在克雷森纳德庄园大门口跟父亲分开,有些智障地蹦蹦跳跳回到家,时而环抱大树,时而像越过障碍物般跳过草坪上的栅栏。之后他冲进房间,冲镜子会心一笑,如果他知道如何描述的话,会称之为猥琐。

---

① 英国的威士忌品牌。

4

下午四点十分，巴黎来的火车准时驶入图尔火车站。月台上，打着领带的两位拘谨男人已经等了二十分钟，年轻的那个推着一辆空的行李车。亨利·克雷森病态地讨厌等待，在月台上已经徘徊了十来遍，他的儿子像是"检查点"，他在他旁边走来走去。

在图尔车站等人的亨利·克雷森对自己的威望只怀有十分模糊的担心。他觉得法妮或许会胜任这一角色，他对自己的选择也不确定。他们两唯一一次见面是在孩子的婚礼上，可真是晦气。婚礼是在康坦·克劳利死后四个月举行的，那时候法妮表情、眼神、一举一动都透露着悲恸。这场最不起眼的婚礼在巴黎举行，亨利·克雷森记得那就像一场无聊又缓慢的噩梦。只有卢多维克的幸福给这些令人沮丧的时刻带来了些许光亮和意义。

火车驶入车站停下时，亨利扭头看向从他面前经过的一等座车厢。接着他看见了一个女人,优雅的化身,未看他一眼走下台阶,朝一个为女乘客扛行李还要感谢人家的可怜鬼笑着。有两节一等车厢,法妮坐的第一节在前。水田芥与干果之王还有其他疯狂的人开始向这个高挑的身影小跑起来,她重新调整了嘉宝帽,与不相识的行李搬运工久久握手,这位不幸的旅客在法妮脚边放下了或许是第十件行李,然后跳进了重新开走的火车。她仍旧朝着他离开的方向挥着手,直到他消失在远处她才重新调整帽子,取下墨镜,环视了一遍车站,她长长的栗色眼睛十分明亮,下方是张美丽的嘴,露出灿烂又亲切的笑容。"几乎是一张幸福的面庞。"亨利·克雷森心想着,加快脚步走向她。

法妮是大裁缝师冈普特先生最优秀的助手之一,这是她的名头,但法妮的魅力、勇敢和好心肠也远近闻名。她对生活怀揣热情,起码直到丈夫去世前是这样的。至少现在她显然假装得很好,不再把所有时间用在忘记他,即便这么做仍旧算是合情合理。

亨利出现在她面前,热情甚至尊敬地握住她的手,这种情绪在他身上很罕见。

"亨利·克雷森。"他鞠躬道。

"法妮·克劳利。抱歉,我没认出来您。"

"我也是。"亨利铿锵答道。然后他自然地补充道:"您已经非常漂亮了,但您当时那么悲痛……"

感情使然，他专业地点了点头，法妮·克劳利笑盈盈的栗色双眸变得更加清澈温柔。她的手极快地擦过脸颊，当年他们一同穿过市政厅阴暗大厅的样子还历历在目，婚礼午宴就是在那儿举行，还连带征用了市政厅那些同样压抑的房间。他们动作一致地转过身，就像是都要甩掉一个业已遗忘的场景。

"我们那对曾经结了婚的孩子呢？他们去哪儿了？"法妮笑着问。

这让亨利·克雷森想起他为什么会出现在这个月台上，和这位陌生女人，这位美丽的陌生女人在一起。

"卢多维克！"他喊道。

他向后转身，发现他的傻瓜儿子被行李推车困住了，被卡住的推车既不能后退也无法向前，一动也不动。面对这个倒霉东西，年轻人像弓一样紧绷身体，温柔又清晰地说着粗话。

"真是个傻瓜！我去教教他，您等我一下。"

法妮看到克雷森迈着坚定的步伐走向他儿子，耸了耸肩，拨动了一个看不到的小阀门，这招很管用，可以让车子往后退来获得冲力。唉，这冲劲太猛了，推车结结实实往前蹦了一蹦，掉到了铁轨上。卢多维克抓住他飞出去的父亲，后者紧紧抱住了他，这下两人跳了一出滑稽的快步救命舞。他俩气喘吁吁又惊魂未定地重新站好。一声愉悦的笑让他俩回过了神。

"我的天哪！"法妮·克劳利说，"我的天，你们吓死我了！卢多维克，是您吗？这不是真的，之前我见到您的时候，您像是花花公子，可现在像是学生。您瘦了吧，不是吗？"

"嗯，他瘦了十来公斤。"亨利摇着头解释道。

"要是胖十来公斤多好。"她回答道。"那些该死的镇静剂会让任何人变胖变老。到您这儿，正好反过来……劳驾您从那些奇怪的手推车里拉一个过来帮我装行李好吗？"

卢多维克举起双臂，在父亲责备他冒失的目光中，飞奔向月台的另一端。

"您别被吓到，"法妮向亨利·克雷森解释道，"我出门总是带很多行李，主人家见了，觉得多得吓人，不过一般我只用到一个行李箱。"

卢多维克不知消失在了哪里，亨利很恼火。

"他又跑哪儿去了？您很累了吧，况且……这孩子，真是蠢货！"

"您可别忘了，我来这儿正是为了告诉整个图赖讷的人，您儿子不是白痴。"

说着，卢多维克凯旋，回到了他们的视野中，不过在理应出现的位置的相反方向，他显然对手推车已驾轻就熟。他到他们面前停下，尽其所能地把手提箱、行李箱、帽盒堆在上面。

"好多行李啊！"他喊道。

亨利·克雷森因他这无礼举动气得发抖，卢多维克又说："真是幸运！这说明您会在我们这儿多待段时间。"

心之四海 | 055

克雷森儿子转过脸来，在她面前出现了一张年轻得不像话的面庞，眼神寂寥、嘴角上扬、下唇饱满丰润，彰显着他的善良，法妮·克劳利自言自语道："他可真是不一样了，比我当初认识的那个女婿讨喜多了。"

她看着他往父亲的敞篷车里堆放行李——其他的都会派人送到府上，她再次调整了帽子。亨利·克雷森打开车前门，她坐下，露出一双大腿……亨利忍不住像个老色鬼般快速又贪婪地扫了一眼。

*

卢多维克走到后面，在两个有些硬邦邦的手提箱和绢纸满得溢出的帽盒之间，侧身坐在座位边缘。

"开车的不是您，卢多维克。"她突然说道，司机愣了一下。

亨利·克雷森发动了汽车，直到驶出两百米了才应声。

"您知道，自从车祸后卢多维克就不再开车了。"

"但当时开车的不是他。"

法妮面色凝重。

"您是唯一一位想起这点的。"卢多维克声音闷闷地说道。

接着，他的头突然向前伸到两个座椅之间，脸颊贴在了他岳母的肩袖处。连亨利·克雷森似乎都有一瞬动容。

不过他的两位乘客更想让他看着前面的路。因为一直以来，亨利似乎都把马路看作是为他开发的跑道一般，每次看见对面驶来的车都一惊一乍，他只从后视镜看路。明显心不在焉的法妮女士终于向卢多维克投去担忧的眼神，后者垂下眼眸不想去看，直到再也坚持不住，他抬起头向她笑，就像在教室里快要疯狂大笑的孩子们那样笑起来。

"我的天，亲爱的亨利，为什么要开这么快呢？"女乘客问道，"风景很美。甚至可以说令人震撼。"

"咳……"一家之主说着又加速，"咳……马上您就看到家里房子了，会更震撼的。"

"哦，那算了。"她说着闭上了眼睛。

她仰头靠在了椅背上。

从他并不舒服的那个位置上，卢多维克细细打量着她颈部的曲线，优雅、泰然、包容又美丽的轮廓，其中一个侧面就像有时两列火车上的旅客交错而过，给对方留下令他们一生都魂牵梦萦的身影，想起时好似一种怀旧。

"还剩三公里我们就到了。"年轻人悲伤地说道，"我应该早点认识您。"

"我真希望更早认识您，亲爱的女婿。"她笑着回答，"我见过您三次：玛丽-洛尔向我介绍您的时候、你们结婚的时候、还有一次，是您车祸之后，在一处您接受治疗的可怕地方。"

"我记得很清楚。"亨利·克雷森突然说,"在那之后您甚至嚎啕大哭起来。三个月来您是第一个这样子的,所以我印象深刻。"

一片沉默。

"我记得……"法妮呢喃道,"一直闭着眼,一动不动。我记得他当时穿着……您当时穿着,抱歉,卢多维克,一件白色人字斜纹布睡衣,躺在一把花园扶手椅上睡着,手腕和手都被绑住,没有人看起来比您更乖巧。是啊,我承认我哭了。另外,不只是为您哭;我以为,我曾确信您一定会挺过来的,是的,您会很快走出来的。我是因为所有那些不伤心的人而流泪。"

"但……但是男人不能落泪。"亨利幼稚地辩解。

*

然后是很久、很久的沉默,直到抵达克雷森纳德庄园。

下车时,亨利一个优雅的转身,法妮又恢复轻快安静的样子。

5

法妮刚瞥了眼那噩梦般的中世纪风格小塔，这是她的一位亲家姐妹在离开前建造的，还有房子背面的突堞，马丁已经站在门前的台阶上，走过来为她这位来访者打开车门，拿出堆在后备厢中的各件行李（任由卢多维克被帽子环绕，靠他自己挣脱出来）。亨利·克雷森绕着汽车走过来，扶住法妮的胳膊助她跨下车门，得意洋洋的菲利普见到他们立马冲下了五级台阶，他梳好了头，打好了领结，全身衣服熨烫得整整齐齐，抚平了露得有点多的口袋小手绢，他惊讶地发现克雷森纳德庄园里的两个男人，加上马丁三个都在，而因为马丁从不出现在室外，所以显现出一种莫名其妙又不可救药的苍白。菲利普·勒巴耶一下子被他毫无血色、白垩般的脸色震惊到了，直到这时他才注意到这点，如果之前他意识到的话，一定会觉得马丁是被监禁的犯人。

"法妮，夫人。"菲利普在第十级台阶上停下来，亨利·

克雷森、卢多维克、马丁一行人站定了，卢多维克和马丁都要被行李压垮了。"法妮，您肯让我称呼您法妮吗？我们见过两次了，一次是在您女儿的婚礼上，另一次是在卢多维克住的医院里。"

"我看得出来你可是挑着事儿记。"亨利低声埋怨，"这是十年来最令人悲伤的两个场合。"

说着，一家之主就一个急停，他身后的人也是一个趔趄。法妮瞅准时机优雅又拼命一跃，而卢多维克和马丁为了紧抓栏杆，只能让法妮珍贵的行李箱飞回空中。

"我的衣服无惊无险。"她对亨利说，"巴伐利亚路德维希二世的城堡①比您的高吗？您这儿是有两百七十级台阶吗？"

亨利没发牢骚，而是殷勤地指了指右边的走廊。"您女儿住在那边，"他说，"卢多维克会带您过去。"

"我觉得先去向您夫人打个招呼比较礼貌些。"

"我姐姐现在身体疲惫，不过我料想您会想见女儿。"菲利普打圆场，"离这儿有点儿远……当然，我指的是您女儿和卢多维克的房间。"

"没关系。"卢多维克回避说，"重点是让法妮感觉在自己家一样。"

他边笑边跟着新队伍走向玛丽-洛尔的居室。亨利·克雷

---

① 指新天鹅堡，巴伐利亚国王路德维希二世的行宫之一。

森走左边的走廊，也是漫长的一段路。走在队伍前面的卢多维克像一位幽灵向导，他在走廊最后一个拐弯处停下。

*

法妮之所以接受了此次旅行，到这座房子看望女儿，是为了知道这对夫妇相处得怎么样，说一些她女婿的好话，这项任务有些荒谬，一点都不适合她，除了，或许她已经察觉到亨利专断的疯狂和卢多维克的惊慌失措。她不禁模糊感觉到这是一项意外的任务。毕竟，这两人不再努力取悦任何人了，而人们有半辈子的时间都在努力讨人喜欢。这些资产阶级可笑的特点中有一出格之处，某种在时间、时代、道德之外的东西，让她感到有些恐惧。他们是资本家，其中一个还娶了她的女儿，在他变成这样一个，可以说是不幸的状态后，他们家想要重新恢复他的名誉。法妮已经有太久没见过比这个男孩儿更加不幸之人；显然他与这座房子之间只有冲突与沉默。或许比莫里亚克①或其他人的小说中，怪物对峙的情况还糟糕，因为在这儿或许除了她女儿，没有怪物般的人，但她情愿不去这么想。

转过几个弯，走过对法妮来说仿佛勒芒 24 小时耐力赛②那

---

① 莫里亚克 (1885—1970)，法国著名作家，曾获得诺贝尔文学奖，代表作《苔蕾丝·德斯盖鲁》讲述了苔蕾丝出嫁成为德斯盖鲁夫人后不堪忍受家庭生活，企图毒死丈夫。
② 世界最著名和最艰苦的三大汽车赛事之一。

心之四海 | 061

么远的路之后，他们停在一扇大门前，这扇门最近粉刷一新，在克雷森家族中，或许是为了迎合新婚燕尔。人们都是为了孩子、孙子的婚礼才会重新粉刷。没人敢敲门。亨利不耐烦同伴的磨叽，所以他抬起胳膊朝门上捶了一拳。

"玛丽-洛尔！"他想以一种愉悦的声音喊出来，但一出声就显得气势汹汹。"玛丽-洛尔，您母亲来啦！"

回应他的是一片可憎的沉默。法妮在他身边，看到他下巴和太阳穴处青筋暴起、跳动。他再次敲门，这次他的声音一点儿都不柔情：

"玛丽-洛尔！真见鬼！您死了吗？您母亲来了，我跟您说话呢！"

他拧了拧把手，徒劳无功：门锁着。然后是真正的寂静，空气冷到似乎能用刀切开，所有人都呆住了。亨利转向儿子，面孔因盛怒而抽搐。

"好啊，你老婆现在闭门谢客？那你晚上回来怎么办？在门后做祷告吗？"

卢多维克面色苍白，奇怪地保持沉默，明显没有生气。法妮迈了一步到他们之间，换她来叫门：

"亲爱的……是我，你妈妈……我猜你是在睡觉吧。我在我房间等你，从这儿到那儿得走半小时。正好给我留出来淋浴的时间。一会儿见，亲爱的。"

她向紧闭的门做了一个深情的小手势，这跟之前敲门的手势一样不管用，于是她坚定地向后转，一只胳膊挽着总是面色亮红的亨利，另一只胳膊挽着总是脸色苍白的女婿卢多维克，带着他们往回走。

"我理解不了……"亨利嘟囔着，投向卢多维克的目光怒火中烧又极具压迫感。

菲利普在他们身后，面对这种曲折的剧情，他将丝巾深深地塞进口袋以免让人看见，他走路时背有点佝偻了，他自己都没意识到这身姿酷似个性鲜明的格鲁乔·马克斯①。

"这儿就是您的住处，尊贵客人的房间，亲爱的法妮。如果您不喜欢的话，还有三间房可供选择。不要忘了，从今天起，您管理整栋宅子。"

"我从来没有任何领导力。"她笑着说，"这间房子很可爱。"

*

房间铺满了略陈旧的壁纸，其中有玫瑰花和丁香图案，花的颜色现在有些模糊不清。大窗户朝着露台。法国梧桐的树枝轻擦玻璃；打开窗户，一片树叶拂过法妮的脸颊，仿佛在欢迎她的到来。她朝着露台、树叶和或许是第一次品尝到的窗外的

---

① 格鲁乔·马克斯（1890—1977），美国喜剧演员与电影明星。

心之四海 | 063

寂静微笑。法妮笑着却没有转过身来与一直站在她身后的众人分享这一喜悦。

一场哀悼有许多阶段。首先它的残酷、日常的平庸把您变得迟钝愚笨，醒来之后感受到完全的冷漠，这一次称之为"谨慎"，最亲近的就像最遥远的。让我们几乎失去理智、感到厌倦的一切，也再一次将您复活，生活不是哀悼的一部分：时光流逝，岁月变迁，时间不会因为没有他、没有她、没有你们两个而停止向前。使您活着的，不是其他人、其他故事或其他幸福，或许很简单，只是艾吕雅①所说的"活下去的强烈欲望"，这种欲望自您从母亲双腿间呱呱落地起就伴您一生。这时候，您要做的是埋葬自我，无视记忆，即使是那些快乐的日子。正是这种您自己黑暗且永久的无视，这台忍受折磨的机器在夜晚再次成为被单下一头呻吟哀怨的野兽，白天，陌生的脸庞使眼泪无法夺眶而出。您反抗，您斗争，郁郁寡欢成为了您平淡生活的外表。您成为一只赢得人们尊敬的木偶，一种隐约的敬意围绕着这具唉声叹气的行尸走肉。有时甚至对他人产生了吸引力。但是如果这人对您、对您的悲痛和拒绝足够感兴趣，如果您的拒绝恰好没有让他感到很耻辱，如果他明白一颗受伤的心仍在跳动，那时，一切都可以重新成为一扇面朝露台的窗户，

---

① 艾吕雅（1895—1952），法国当代杰出诗人。

在秋日一个美丽的下午被打开。那么第一片落到您脸颊上的树叶不再是往事的一个耳光,而是不可思议的幸福,不论给它起什么名字,幸福都会突然变得无可辩驳、难以理解。

　　法妮整理好自己的四件长袖衬衫、两件羊毛套衫、有着无可救药完美裁剪的衣物,将它们安放在古老却芬芳的房间中——浴室还有一个古老的大浴缸——法妮享受这寂静中的每一刻,唯一的声音就是脚下木地板的咯啦咯啦声。

*

　　十分钟后,玛丽-洛尔敲门进来,走到法妮后面,法妮正在挂衣架。于是通过镜面反射的倒影,法妮将女儿从头到脚打量一番,她比自己低五厘米,女儿一直都无法接受这一点。

　　玛丽穿着一条迷人的淡紫色布裙,脖子上挂着一条漂亮的孔雀石首饰,深色的项链更衬托出她双眸的颜色。她穿着秸秆编织的凉鞋,看起来不像少妇,更像少女。法妮有一瞬间觉得镜中有三个人,她一直以来都感觉如此,这种感受揭示了刻板关系中真理与人性的缺失。

　　法妮突然转身,带着对陌生童年的怀念看着女儿。在囊括了所有的相见与入戏的三秒钟后,玛丽-洛尔重新关上了身后的门。向母亲走了五步。法妮一只手倚在衣架杆上面,轻吻了一下女儿的鬓角,随即抽身。

"妈妈，我请求您原谅，之前我突然特别困……我本想在台阶那儿等您的，但没撑住，在床上睡着了……而且我是被盖世太保叫醒的！"

"你公公有些恼怒，不过你丈夫真是好脾气。"法妮坚定地说，"你什么时候开始插门闩的？另外，你可真漂亮，亲爱的。"

"这是个奇迹。"玛丽-洛尔慢悠悠地说，"我来到这儿多久了？卢多维克宣布痊愈、生活能够自理又有多久了？"

令她妈妈吃惊的是，她放声大笑起来。

"您会发现，在三年的疑惑和推断之后，甚至没有一个明确的诊断……"

法妮坐到了她的大床上。

"那你还在这儿做什么？你爱不爱他？别跟我说你这是奉献精神……如果你觉得他疯了，就离婚。你们住一个房间。你到底想干什么？"

"妈妈，我不再是一个女人了。我的宽容是有限度的。有些事我不能说，即便是对母亲。"

"尤其是对母亲。"法妮毫不犹豫地想，但并不沮丧，很久之前她就已经放弃了玛丽-洛尔以及对她的母爱了。她起身，走近窗户，由此逃离了床、铺了墙纸的墙、门，这些象征着与人分享生活的物件。妈妈和女儿对彼此都有一定的钦佩之情：法妮看待玛丽-洛尔的没心没肺，就像人们看待某个与众不同的天阉之人一般；而在玛丽-洛尔看来，法妮的高尚品格、真情实感、仁慈善良，这些优良品质"正如政治科学和某些学科一般，可以通过努力培养出来，极受重视但对职业发展完全无用"，所以她对此从来没时间也没兴趣投入精力。

"多漂亮的露台啊。"法妮靠在窗台上，不由自主地说。

玛丽-洛尔小心地走近她，呼吸着傍晚的空气，母亲的香气和她不愿回首的童年生活突然涌现，她终其一生都保持冷漠，这种气息也在她身上留下了一丝忧郁的个人气质。即便是康坦·克劳利，他或许也曾经魄力十足又唯唯诺诺地拒绝过某些芳香又残忍的少女。"只是时装店的销售员，"她想，"我母亲能有什么未来呢？没有前途。也没人脉！"虽然对玛丽-洛尔来说，最后一个字眼跟"爱情"或"魅力"并不押韵。

"在这么有活力的年纪，她未来又如何呢？"法妮在她身旁想，一时间她觉得自己对这个为了成功、为了充实人生而生的女人负有责任。

卢多维克高兴呼唤的声音打断了她们的思绪，他在露台上像个小学生般跺脚。

*

这天，卢多维克没有约会。"照顾着点儿家里。"父亲对他嘀咕。亨利曾担心一个悲伤的丧偶老女人的到来不太能代表

"快活巴黎",他满脑子都是一段被诅咒婚姻的各种画面。在没有回忆与欲望加持的情况下,浮现出的平淡画面是卢多维克在寡妇的羽翼保护下,为她指引露台和客厅的各个角落,玛丽-洛尔脚拖着地走在他们身后。然而,自从法妮来到,一切都变了,他想象着她在林荫大道的树荫里欢笑,儿子扶着她的肩膀。或许一周以后他就会发现不再有玛丽-洛尔的足迹,看见她就来气。虽然跟事实不沾一点儿边,但法妮·克劳利和他的儿子在花园、在客厅相处的画面让人浮想联翩,譬如由此引发的欲望和倍增的嫉妒之情。

这就是亨利·克雷森在九月的背景下谱写的乐章。有时候,正是反面角色激发了身边人最强烈的热情,令他们陷入情难自已的漩涡中。亨利·克雷森难相处、占有欲强、冷酷无情,除了对逝世的原配妻子的悲痛与怀念,从来不会被自己的情感所折磨。然而,他突然间就变得难以抑制地嫉妒,这一点连他自己都没意识到。

自从法妮来到,协助她的任务自然而然就落到了卢多维克的头上。毕竟,晚会的正事是宣布他精神健康的消息,而他天生的漫不经心造成了疯狂的开支:花色小蛋糕和大菜、大大小小的冷盘、奶油泡芙金字塔、耙平的林荫道和修剪好的花园,还有临时增长到将近十倍的人手(在马丁看来,他们爱偷东西又笨手笨脚)。所有这些都是法妮的成果、价值和她的最终任务。卢多维克得向他的岳母展示真正的装潢和各个客厅，因为她要在这里接待客人，恢复一帮富人的声誉。在法妮看来，他们先天惹人反感。任务很艰辛，但对卢多维克来说轻松些，无论如何，在这个问题上，他有着完美的天性和对社会的漠不关心，而法妮，既反感这些"聚会"，又不能让这些地方的背景有一丁点儿的不优雅。所有这些令她的任务和动机都变得同样疯狂。"她在做什么？既没有爱的男人，也不爱自己女儿，还想证明一个她今年最同情的青年男人的重伤痊愈，但这人她不认识，或者说不大熟，还是很奇怪的吧？"在她人生中，曾有过一两个简单又合理，符合所有人期待、盼望、预想的时期，这种阶段建立在一种或多种情感之上，这些情感只是野心，却将夫妻、生物、情人、父母联系起来。而在这儿，什么都没有。只有一些目光短浅的人，难以承认他们断言的怪物已不复存在。

事实上，如果有人更明智地看待别人，如果有人感受到自己有责任温柔待人，有权利视而不见，至少他们——模糊地——展现出自己的灵魂。一般来说，人们自命不凡、事不关己、具有半侵略性是因为愚蠢，而在克雷森纳德庄园里，则尤其是因为对任何人都毫不关心。她在车站和路上感受到的愉悦已荡然无存。这里只有充满电梯、碟眼和冷漠之人的宽敞富裕的大房子。法妮曾遇到过有钱人、赶时髦的人、女装店的客户，她有区别地欣赏他们，但从没遇到过让她感到如此陌生的人。在这儿不是钱说了算,也不是野心或者权力,不是她见过的任何一种事物,一种全家人故意为之的互不相关让她脊背发凉。她从未感受到玛丽-洛尔和她婆婆间、妻子和丈夫间、父亲和儿子间真正的沟通。每个人都守着自己的财产、自己的地位,没有人真正关心别人,一点都没有。这种气息飘浮在乡间,只有偶尔才被微风驱散。

6

法妮已经认定晚会那天天气会很好。一想到两百个陌生人在摩洛哥坐垫和室内大理石的大惊叹号之间走来走去的画面，她就想立刻逃离。法妮属于那种赌运气并且相信运气的人，她觉得，如果当晚下起瓢泼大雨的话，她就要跟沮丧的客人们待在屋子里一起打量蜘蛛网、冷餐台，还有她已预料到露台上会缓慢坍掉的桌子，如果她后方的米洛的维纳斯像正好跟众人目光一致，那就会望见因为姗姗来迟而被大雨淋成落汤鸡的客人，那可真是倒霉。在暴雨中，在这样装潢的室内，谁能断言卢多维克·克雷森比别人疯癫呢？所以，如果天气变幻莫测的话，任务就完成了，但对法妮来说这只是微不足道的安慰，其程度堪比无聊的灾难片以及著名装潢设计师的玩笑话。

*

"当然，您可以全权处理。"亨利晚上的时候宣布道。马丁惊了一跳，其他宾客突然安静下来，法妮意识到这句话对克雷森家族来说不同寻常，至少一家之主平时不这么说，为了凸显出言语的优雅，亨利说这句话时还露出了社会人的微笑，却显得他很庸俗。他本可以不笑，以他公牛般的体格、他本身的重要地位来处理人际关系，但，奇怪的是，只有他想要掩饰自己的庸俗时才会暴露自己的庸俗。

在图尔，来自克雷森纳德庄园的反馈激起了群情激昂，而"全权处理"这个字眼特别是在生意人中闹出了动静。第二件大事（很有可能终结所有关于他精神健康的含沙射影）就是卢多维克在一页作业本纸上手写了个口信，邀请阿默尔夫人下一周到森林木屋见面。阿默尔夫人起先无语，之后受宠若惊，然后大怒。"怎么？她有房子，有女儿！她才不要跟一个前客户的疯儿子在一个木屋里嬉闹！想想啊，她有着图赖讷最漂亮的姑娘们，而这个小放荡鬼更喜欢一个六十多岁的女人（她自己）！"……但这些拉辛式的跌宕起伏都被一样东西击败了：好奇心。

周六三点，卢多维克和阿默尔夫人在爱之木屋面对面站着，他穿着灯芯绒面料，她身着简直不可侵犯的黑色成衣，上面饰以凸花花边与流苏。在完全没法进行下去的对话结束之时，她终于明白，卢多维克目的纯洁，但他知道自己欠了这位妓院老板娘一份人情：多亏了她，他才重获爱之欢愉，从漫长的抑郁中被解救出来。然后,在为邮递员这一角色道歉的同时,他交给阿默尔夫人一个信封,里面装着超出正常数额的钱,她不知道这是他卖了四块手表得来的,其中有一块还是他领圣体之后得到的金表礼物。卢多维克带她回到车上,她紧紧地抱着他,眼眶湿润。

奇怪的是,尽管在此之前她曾对这次约会发表过广泛评论,却没再跟任何人说起这次会见,还默许最柔和的版本浮出水面。后来她习惯说:"卢多维克或许疯了,但他是个绅士。"至于卢多维克,他隐约感觉自己是卡萨诺瓦[①],就像平时一样跑向克雷森纳德庄园,但这次更加热情。他不再去加入那个冷漠的、寡言少语的半个家,也不再去找敌视他的妻子,而是去找法妮,这位美丽又聪明的女人像对待男人般跟他讲话。

---

① 贾科莫·卡萨诺瓦(1725—1798),极富传奇色彩的意大利冒险家、作家,"追寻女色的风流才子",18世纪享誉欧洲的大情圣。

7

卢多维克与阿默尔夫人周六在森林木屋见面后，到家时是下午四点半，他在露台上停下脚步。亨利的车已经开走了。一种极致的寂寞和孤独笼罩着午后，卢多维克居住的这栋宅子似乎都被冻住了一瞬。促使他向前走的是一些音符。这些音符从客厅旁的老办公室里逸出，来自一架废弃的老贝希斯坦钢琴，这间客厅旁的屋子是专门给抽烟者、艺术家使用的，或在此进行其他的隐秘交谈，也就是说，这间房已经空置荒废了二十年。其实自他出生起，就从没见过这架钢琴打开，也没听它发出过任何声音。这逗乐了他，直到一串、一句完整的旋律流出，让他心碎。"就一次。"他对自己说。他奇怪地气喘起来，背靠着墙，旁边就是窗户，就是从此流出了这一蜜糖与毒药，他看见了法妮的轮廓，那一瞬他感到她"遥远，触不可及"。她一遍又一遍地重复主旋律，而他感到彻底绝望：他籍籍无名、一无所有，他总是被剥夺，对一切失望，这曲音乐蕴含的东西让他沮丧，如此旋律本该在巴黎悠扬，如今却飘浮在空气中包围着他，漂浮在他捉不到的地方，而他从不知如何欣赏、如何拥抱这一虚无。他靠在墙上一会儿，闭上双眼，忍住泪水。"一个成年人流泪真是荒唐。"他心想。

用袖子擦干眼泪，这么久以来第一次，他自问，在他卢多维克身上，发生了什么。这么长一段时间里，卢多维克·克雷森身上试了所有可能有用的药，他对自己毫不关心，浑不在意针对他的诋毁蔑视，这些使他得救。他被剥夺了责任，只剩下有时他为自己发明的一些感情上有争议的义务，除了可以随意大方地花父亲的钱，他感受不到，也从来没有一丁点儿权利。他曾经无所挂虑又坚忍不拔，他对幸福一无所知，因为这已从他日常简单的生活中被剥离出去，他是一个困惑的男人，因多年来的绝望岁月而屈服于孤独。卢多维克从小就没体会过温柔，长期以来他一直觉得自己已经正式变成了残废。

*

音乐停下，窗户打开。

"卢多维克，您在那儿做什么？我以为您……我不知道，在网球场。"法妮结结巴巴地说。

当然，下午的时候她曾听菲利普说起过，这个孩子的淘气和他的发泄方式。当时的她心不在焉，勉强听了一耳朵。但现在，她发现面前的这个年轻人变了样，不像是刚消遣娱乐过，更像是刚逃脱炼狱，她感到疑惑。

"您脸色这么苍白。"她说，"您从窗子跨进来吧。"

他照做，但是动作如此之慢，等进屋后，她让他直接坐在可以容纳三人的钢琴凳上，然后自己重新坐好。她好奇地看着他——卢多维克的冷静似乎亘古不变，而他晒成褐色的皮肤一下子变得苍白，涣散的目光今天也明亮起来。她用右手时不时地弹奏着主旋律。

"您怎么了？"

"我从小就没见这架钢琴打开过……"他说。

他比划了一个模糊的手势，表明他很开心。

"您从未见过它打开？难以置信！这是一架很好的贝希斯坦，虽然没被用过，但是发出的声音非常美妙。我问过马丁能否找一位调音师。上午来的那位调音师表现得十分谨慎。这儿的墙这么厚。我的天，它们也太丑了吧！"她补充道。尽管直到此刻她都在克制自己不要对克雷森家的装潢做出任何评论，但还是没忍住。

"那是什么歌？旋律让人立刻心跳停止，"他说（脸也红了），"您知道的，我对音乐一无所知。在诊所里的时候，我买了一个很棒的半导体收音机，带有小耳机，可以让我清静下来。我周遭听到的声音真是太疯狂了。"他叙述着，丝毫没显示出对音乐的怨恨，比如说，只能通过电台广播收听一些音乐片段。

他本可以说："我厌倦那些卑鄙的医生严防死守地禁锢住我，只因为我要求他们对我做出诊断，他们把我关禁闭，指控我患有长期慢性低能，把我当作一个永久的危险。但那时候没一个人为我辩护、为我挺身而出、救我于水火：我的亲爸爸没有、我的妻子也没有。因为我的一切都已经被夺走；只要我好好活着就行；因为从此以后，我就是他们永久的耻辱；因为我诉诸妓女来排遣一丝孤寂。"

法妮果断地转开视线，再次看向钢琴键盘。

"是舒曼的曲子，"她不确定地解释道，"我觉得是四重奏。真的非常非常美妙。而且精确地直击人心。我不会弹，也不怎么了解，您知道的……有一些我欣赏的人……"

他们坐在窗户和钢琴之间。变幻莫测又作弄人的阳光从百叶窗溜进来，掠过卢多维克闪耀着光泽的头发和法妮睁大的双眼，爬上她的右手，与舒曼美妙又忧伤的甜美乐曲纠缠在一起。

"今天，我在这里发现了这首曲子。"卢多维克突然说，"很正常，因为这是我第一次发现爱情，发现我可以爱上某人。您就是我爱的人……"他坚定地表明。"现在我没有您就活不了。"

"看您说的……您在开玩笑……"法妮说得含糊不清，试图挤出一个微笑，并在凳子上向后挪。

心之四海 | 077

但她只能够把脸向后转，卢多维克的嘴唇紧随其后，立刻寻了上去。他两只手撑在琴凳上，并没触碰她其他部位，只有噘起的嘴唇吻向她的脸颊、额头、脖子，满怀敬意却情难自抑，这种急不可耐的温柔使得她在他的禁锢下呻吟。耳边一直回荡着这些话"我爱您，我爱您"，法妮确切地明白了这声音的意思。但法妮没办法推开他，因为他并没抱着她，没有触碰她，只有他的脸从一边转到另一边，这顺其自然的暧昧、如此奇妙的宁静、一阵阵的热血翻涌。

*

夜幕降临，但两人都没注意。卢多维克说着一切激动的言语，惊愕、感激、占有欲已经与他散发出的所有魅力混为一体，在法妮看来，这种男子气概、坚决意志和目前爱情带来的让人眩晕的怜悯之情，在与欢愉偶然相遇时，也混在了一起。

对法妮来说，此情此景是如此疯狂，但她的身体反应又是如此自然，她边笑边试图向卢多维克解释自己为什么笑，卢多维克很惊讶，随即很快被征服，因为她的任何反应都能令他投降。法妮在他旁边侧身伸了一个懒腰，变得和这个男人一样高，他皮肤干爽柔软、肩膀宽阔、充满力量，其实也是他给的安全感。她没有考虑两个人的年龄，也丝毫没发现任何阻碍，年龄差异就像他们发色的不同，只是一件无关紧要的事情。他惊叹她身体的每一处细节，甚至是一些小瑕疵，就像完成一项发现或收到一件礼物一般。而流连在她身上如此明目张胆又冒失的目光，让她感到舒适，她一点儿不羞怯，也不惧怕评论。

也不担心离他们五米、面朝客厅的门可能会暴露一桩丑闻。

*

晚饭期间，他们脸色柔和红润、态度平静温厚，这引起了菲利普的注意。即使他捕捉不到爱情迹象，但能看出人愉悦的样子。

亨利·克雷森右手胡乱包扎了一下，却还不停地敲着所有的胡椒粉瓶子，他脏话说到一半，面对三位女士——女客人、儿媳妇和正襟危坐的桑德拉，出于礼节，没让某些字句脱口而出。

"工作事故，都怪那个东京的白痴进口商，他绝对是想看看我们新的剥壳机，这场工艺盛宴可是花掉了我们二十万美金！"他边说边朝菲利普和卢多维克挥舞着一把危险的刀，卢多维克双目圆睁。"我为了向他展示这台……该死的机器，我走得离切割传送带太近了……别放在心上……手腕就被擦到了。"

然后他把绷带探到桌子中间。

"太吓人了！"法妮说道，"情况本可能会更糟，不是吗？"

"嗯，是啊。"亨利感动地答道，龇牙咧嘴很痛苦的样子。

"您可要小心了，爸爸。"玛丽-洛尔加入对话，像桑德拉一样完全冷漠。"不过这个日本人在图赖讷到底要干什么呢？"

"的确是，"法妮说道，"离东京那么远。您本应该邀请他吃晚餐的。"

"他们是七个日本代表！日本和亚洲地区最大的种子进口商。"

"七个！"卢多维克突然醒过来，惊叹道，"真是大生意。好了，一边是七人代表团，一边是即将到来的讨厌的晚会，我们这儿都要变成上流社会了！"

他如此放松地大笑，一桌人都目瞪口呆。亨利第一时间回过神来，又变回了坏脾气，而法妮也在笑。

"我要提醒你，儿子，我们是为你才举办这个'讨厌的晚会'。为了向亲朋好友们证明你不是从医院疯疯癫癫回来的！不过这点我也说不准。"

"这值得商榷。"卢多维克依旧快活地回答道。

"我要提醒你，你在跟护士们卿卿我我的时候，我一直在工作，我！"

然后是时间稍长的沉默，亨利低垂双眼，有些尴尬，又哀怨地说：

"再说了，这儿只有我一个人工作。当然了，还有您，我亲爱的朋友。"说着他捉住法妮的手并吻了她。

卢多维克抑制不住地笑起来。

"您知道的，爸爸，我并没机会跟护士们在一起。那些是健康、强壮、精力充沛的女人。"他补充道，并转向法妮，带着一种小学生般真诚的笑容，放肆又冒失地寻找他的观众。

"您已经得到弥补了，不是吗？"于是玛丽-洛尔问道，"跟阿默尔夫人的年轻娘儿们？总之，我听别人这样说的。"

"她就像一条咝咝作响的小蛇。"法妮想，转过头。她生气地站起身，说："你们的对话可真让人难以忍受。无论如何，都不堪入耳。抱歉……"

然后她离开了。

菲利普礼貌起身，卢多维克不再笑了，亨利·克雷森表现出某种困惑。在法妮和卢多维克间，某一刻曾达成共识，成为同谋，然后法妮生气了，这使得菲利普更加警觉。或许还有玛丽-洛尔，因为这回她起身去追母亲，这是众人第一次看到她表露出家庭团结的举动。

只剩三位男士。亨利嘟囔了别人听不到的几句话，可能是道歉的，然后他又站起身，含糊不清地说了句"晚安"，让人极其想"躺床上"！剩下的两人面对面，卢多维克眼睛盯着地面，菲利普盯着他。

"您觉得明天会是好天气吗？"菲利普问道，"您觉得，盛大晚会那天，也会是晴天吗？"

心之四海 | 081

"我不知道。另外，其他人也不知道。"

"无论如何，您那魅力四射的岳母似乎对此很看重。要说，这个女人真是十足的乐观主义。如此温柔，在她这个年纪……"

"我不在乎她的年龄。"卢多维克答道，又笑了，隐约冒犯了他姻亲的舅舅。

菲利普本人跟法妮没任何关系，尽管她极谦恭有礼，但看得出，她将他视为一张照片，一个永远不变的人，而且有时他自己也这么觉得。

8

当她再看到卢多维克的时候，觉得他不再是一个没有年龄没有性格的怪人，甚至不那么像一个迷途孤儿，而是一个她隐约感到归属的男人。令人不安的是，当有人以一种难以平息的积怨对他大肆评论时，他既没脾气，也不生气，不懂该如何巧妙应答，这些人残忍地冒犯某人，而这人还甘之如饴。他的宽容——他的不计较？——让他们更放肆地轻蔑他。法妮害怕在这种遗忘症里发现悲惨的原因，比如说世俗方面的，而这个男人的新魅力在这一假设面前，消失殆尽了。

她已经决定晚上考虑一下，或许早上离开，无论如何要跟卢多维克好好谈谈，可一旦躺到她那张外省的床上——在她床头柜上还有一瓶依云水，像老实规矩的保姆一样伫立着——她就安静地睡着了。她的眼皮下仅有的画面，就是卢多维克紧挨着她的脸在笑，快乐点亮了他棕红色的双眼。她不理解自己。从前，自打见过英伦气质和厚嘴唇的康坦后，她就爱上了他，想着他，而卢多维克只是引起了她的同情心和好奇心。发生了什么啊？

不过她始终没听见情人把小石子扔到百叶窗上的声音。或许没听到更好。

*

当她第二天早上走进餐厅的时候，看到他面对门站着，带着跟昨晚一样的笑容和眼神，他那急不可耐又乐在其中的样子让她震惊。一种意外的温柔让她喉咙发紧；她走到门口停下来，中间注意到玛丽-洛尔在吃面包干，因为背对着她所以看不到法妮看她的表情。法妮落座，这是她第一次在女儿面前感到罪恶，她打算冲着卢多维克发脾气，就像对一个冒失鬼，或者像对一个前一天强奸了她并导致她怀孕的人那般。简言之，考虑到众多当事人，为什么她要将一个本来就严峻的形势复杂化呢？

"早上好。"她向四周笑着说，这是她无法回避的礼节。

回应她的是此起彼伏的"早上好"，包括她没料到的，裹在有些旧了的晨衣中的菲利普的回答。亨利已经去工厂了，卢多维克似乎还半梦半醒。

"我的天哪，妈妈，您还要回去做那可怕的工作吗？"

玛丽-洛尔以一种宽容的神情看着法妮的天鹅绒长裤和丝

质衬衫。

"您应该多穿长裤。"玛丽-洛尔补充道,"以您的身材,裤子更显年轻。真的,真的,真的……"她明明白白说道,仿佛有人在反驳她的称赞。

法妮坦率地笑了。

"你觉得?……"

她一脸担心的样子,朝女儿感动地看了一眼,表示:

"亲爱的,如果是你,要多穿裙子。你一直都那么可爱,身材纤瘦,穿着小百褶裙和尖头皮鞋……"

"好了,无论如何,我是会变的。"玛丽-洛尔生气地说,还指着她的香奈儿套装,"我马上要去打高尔夫了。"

她难以做到让法妮粗暴地评价自己的套装,而卢多维克尽管赤裸裸地不忠,一直对她的穿着投以赞叹,可今天只注视着她的母亲。其实这天,法妮看起来太年轻了,非要提起看不见的年龄并不一定是她的本意。她站了起来。

自从丈夫回来,玛丽-洛尔就经常在高尔夫球场消磨下午时光,在那里她认识了几个外国朋友,"奇迹般从丽兹酒店逃脱的",她说,她向这些友人们解释卢多维克没来是因为在接受"再教育",这是个模糊但让人不安的概念,为丈夫的缺席做出了最佳解释,尽管缺席是她巴望的。想到她的仰慕者,一个有着可靠财富但声名狼藉的美国人,她自然而然地叹了口气。在经历了三年顺利的几近守寡的生活后,她不会满足于一个明

心之四海 | 085

尼苏达的企业家。打完高尔夫球，她就回到克雷森纳德庄园，给朋友们打电话，每日如此，还有，每日打给佩雷律师和塞纳律师，他们会在现在和将来保障她的遗产或者她在克雷森家族财富中的份额。她还会跟菲利普聊一个小时，自从人人都知道克雷森父子的越轨行为后，她就会和菲利普交流一二。

*

这天，卢多维克的敞篷车在露台前等着他们，这辆车是他康复回来时父亲送给他的。这个年轻人一只脚走下了大门前的台阶。

"我们不应该忘记给玛丽-洛尔买花！"他喊道，"我已经跟所有人说过了，我们去逛街。"

他似乎为自己的口是心非感到快活。那法妮跟这个智障孩子在一起做什么呢？他告诉她自己疯狂地爱着她，用她喜欢的方式跟她做爱，他多年来都是不负责任的家伙。她想从他那儿得到什么？不要鄙视他。况且，有什么权利鄙视他呢？

火车站离得不远。对她来说，坐火车可以避免开车同坐在一辆车中可能让她变得可笑的举止或反应。

"您有钥匙吗？"他问道。

"有。"她在包里翻找着，冷淡地回答道，随后找到了。

她打开车门，落了座，把一切交给了他。他之前还提出如果……就由他开车，她接受了这一提议，于是他俯向她的窗户，露出一张因担忧而僵住的脸。但她不为所动。过去的半个月已经形成了一条规则，但一个说爱她并已经拥有她的男人朝她眨眼不会有两种意思。他不希望妻子当着岳母的面把他当草包一样看待，他不能让岳母开一天的车。刚开始她同情他，但现在，她同情的是自己。她，最后跟了一个没责任感的年轻男人，她为生计而工作，过着没有丈夫的日子，还把自己的假期都献给了这个狠心的资产阶级家庭。

"怎么了？……"

"我们要出发了，乖儿点，卢多维克，我很累。你来开车。"她把头倒向后面，然后闭上了眼。

一瞬的沉默后，她听到卢多维克坐在了她旁边，发动汽车、测试引擎、毫无抖动地平稳启动。她仍旧闭着眼表示信任，不过确实也疲惫了。

"我不知道雨刷器在哪儿，"他愉快地说，差点儿要洋洋得意了，"我想不起来了……"

她抬起眼皮，盯了一瞬这满脸不安又天真、身子倾向她的奴隶，然后用左手打开了雨刷器。

"你跟我在一起不害怕吗？我不敢问你，但是在你到来后，我都在偷偷练习。"

"完全不怕。"她说，"为什么要怕呢？"然后她闭上了眼。

卢多维克静静地开车,直到目的地图尔,在这儿的每个商店他都扮演着奴仆这一拿手角色,推着手推车,以认可的眼光赞成每笔交易。他被一群疯狂的女销售员团团围住,阿默尔夫人曾对她和这位年轻的克雷森会面的情形做了暗示性的叙述,这是她们过分激动的原由。这位或许疯癫的绅士似乎对他的岳母十分体贴,再加上他有一个令人难以忍受的妻子,更显得讨人喜欢了。在百货公司,法妮在把发货清单给他看时,犹豫着要在每个桌子上放哪款陶瓷杯。

"你觉得怎么样?"

"哦。"他看都没看一眼,全权处理就是全权处理。"随你。"他补充道,说着拉着她的衣袖走向出口,"这是为了唬住当地人,你等着瞧,之后你会在他们家的晚会上看到相同款式的杯子。"

"我不会去他们的晚会。"法妮笑着答道,而他把她安顿在车里坐好,执行指令,把所有东西放进后备厢,完全不像一个被药物与冷漠掩埋或被家人践踏的年轻人。

她正感觉自己被困在这个不舒服的座椅上时,他就在大街上朝她俯下身,极快又极坦荡地将嘴唇覆在她的发间。她在座位上直起了身子。

"您疯了,卢多维克·克雷森!图尔人会怎么说我们?"

"随他们怎么说。不管怎样,我们要去旅游,不是吗?我对世界一无所知。如果您喜欢旅游，当然没问题。"

她又跌回座位。此刻，她愿牺牲一切，只为拥有一间有门有钥匙的宾馆房间，即使是在她不喜欢的图尔也行，这样她就可以闭门不出，仿佛回到正常的生活，回到巴黎，回到她在克雷森纳德庄园一百平方米的房间。

"到底……"她自言自语道，"我怎么了？这真是一场悲剧！……我傻傻地到乡下待三星期就是为了给那个惹我生气的女儿排忧解难，我真是蠢，向这个男孩、这个家族受害者妥协，这注定是一种被判了死刑的爱吗？"

康坦去世后，有一次她曾经跟某个人过了夜，但这人第二天就洋洋得意、夸耀卖弄。这令她蒙羞。更准确地说，她为自己的爱情观感到耻辱，一直以来这些想法都是受到了康坦观点的启发，包括对另一半的某种尊重。在她身边，她见过一些思想杰出的男人跟妻子或情妇在一起时举止仿若粗人，也见过一些魅力四射的女人在她们的理发师面前对情人们的丰功伟绩直言不讳。现在流行一种名为自由的反清教主义，她知道的时候很震惊，因为直到那时，康坦和他的灵魂屏障已经庇护了她一生。现在，有一个念头像瑕疵一样令她恐惧：想要将恋爱关系公之于众的疯狂让她更加无力去爱。

*

法妮和卢多维克下午一直在图尔的大街上来来去去，按照三天前法妮认真手写的一张清单买一些必要物件，然而如今对她来说似乎这清单既不合适又不现实。她谈论着天气、晚会细节、图尔人的外表，卢多维克以同样的语调回答，没有重点。当她把头扭向他时，发现了一张憔悴、疑惑、证实了自己罪行的脸。对自己犯下过错的一无所知使得他缄默无言，他的不懂和焦虑令他衰老，甚至隐约毁容。他已不再像是前一天那个毫无还手之力又心满意足的年轻小伙子了。他再次变得孤独、绝望且突然间长大成人，但这是因为悲伤让人成年，换言之，他就像被关在了房间、人生的一个角落，背对着未来的可能性；一个人，总是一个人，他一个人孤零零的。他曾以为自己已挣脱这种孤独，但他已然依恋她，不再有任何挣扎。

他取悦她，而她心惊胆战。他迷人的皮肤、细长又下垂的眼睑、他担忧的眼神、他放在方向盘上大手的外形，他的手异样的强壮有力，而且从今以后，她都知道这双手的灵巧和专注……她前一天发现的一切如今都令她调转过头去，就像她对康坦爱得最为激情澎湃之时。

她想得越多，就越震惊、越不安。人不可能在第一次跟某人相拥时就如此自然地亲密无间……他们在互补的地界重逢，没有恐惧、没有好奇、毫无保留。即便她比他大或者小十岁，即便这是一桩丑闻，即便他不稳重，即便她所有的经验和她的人生都反对这个故事、否认钢琴旁的两小时时光，我们也只能将之解释为命中注定。

9

这天晚上,餐桌上的对话拖拖拉拉。亨利·克雷森想知道为什么游客非得要参观同样的东西,尤其是参观过巴黎圣母院后这种感觉更为强烈,他觉得方方正正的圣母院无聊乏味又拥挤不堪。

"那么,"他接着说,"这些挂在教堂外面各处的丑陋头颅叫什么来着,挂在外面的那些吓人的物什……?太恐怖了。怎么说来着……?"

"雨漏。"卢多维克说。

"你怎么知道的?"亨利很震惊,仿佛他儿子提起了一桩骇人的核机密。

"的确是。"玛丽-洛尔也震惊非常,"你从哪儿知道的这个知识?我觉得那时候教你认识的雨漏不是石头做的……"

"我娶的那个不是石头做的。"

卢多维克平静的声音后，是无休止的沉默。亨利满意得涨红了脸，张开嘴想说说自己的看法，当然是不得体又决定性的话，这时候沉重又缓慢的脚步声在他们的上方响起。他们呆住了，餐叉停在半空，睁大了眼睛。头顶上方是桑德拉的房间，一段时间以来她都卧病在床，被禁止站立，有一个夜班护士在床头照料，她有点太瘦了，而白班护士又有点太胖了。

"那个啊，那是在第一幕，哈姆雷特听到了他爸爸的脚步声。"卢多维克果断地发表评论。

"啊，拜托！"亨利站起来喊道，"她应该立即躺下。米拉……马拉医生……我忘记了，昨天特地跟我强调过。菲利普，上楼让她躺下，我马上到。快去，快去，我的老伙计，飞速过去！"

小舅子弹射到电梯那儿，不像是担心，倒是一副勤勉的样子。

玛丽-洛尔从卢多维克的话里慢慢恢复镇静。

"她到底在干吗？"亨利询问他妻子的情况。

他起身，身后跟着疲乏的法妮，慢慢地走向楼梯扶手。玛丽-洛尔的声音令他们止步。

"看啊，爸爸，一周之前，您的妻子就开始在她房间里碎步小跑了。她想在晚会上给您一个惊喜。"

"这不是真的！（不可否认，亨利十分惊愕）她不能……她没有权利这么做！甚至是巴黎主宫医院的那个什么医生都告诉我说……"

"爸爸，她才不在乎。"

"但她看起来……她的脸色像熟透了的番茄，"亨利大声叫嚷道，"生羊腿……她会因为吃甜点或者天知道什么东西而昏厥的！啊不，啊不，啊不！法妮呢？是法妮接待客人，不是吗？我已经告知了所有朋友，这一次会有一位漂亮女士在克雷森纳德庄园接待客人！（然后他很快地嘟囔道）当然，桑德拉有其他优点……"

法妮感到被冒犯，抱怨道：

"但也不能这么说自己的妻子！首先，我很乐意把管理权交还给她，其次，您用的那些词……"

"但我没有一点恶意。"亨利辩解道，"再说了，我说的是实话……而且您知道的，男人……（他露出了一个一点儿都不适合他的野心家的微笑）这是一种表达方式，"他带着一贯的恶意大声说，"可别跟我说您从没听过男人讲到他老婆的时候说起生羊腿或者熟羊腿的话！或许这么说不对，但绝不下流……"

"我从没听说过。"她坚定地回答道，"不管是生还是熟，我从未听说过一个女人被她的丈夫比作羊腿。"

她听到了自己被压得喘不过气来的紧张笑声，所以她得装作高傲的样子尽快离开这里。

"从未，"在电梯里她仍重复道，"从未听说过。"

到达楼层后,她一步一步地快步小跑到自己房间。

玛丽-洛尔、卢多维克与亨利三人又恢复常态,支着耳朵听天花板上面的动静,看起来很蠢。上面的脚步声已经停下了。

"马丁,"亨利问道,仿佛另外两个人已经聋了般,"您没听到任何动静,不是吗?"

"没听到,老爷。"府邸大总管答道,说着呈上了奶酪盘,亨利·克雷森愤怒地用手推开。

"那您刚才听清楚了吗,那些脚步声?"

"没有,老爷。"马丁操着同样冷淡的语调回答。两人怀着强烈的反感凝视着对方。

"给我拿开这些奶酪!没人想吃。"

(反感奶酪的)玛丽-洛尔朝着管家抬手,但看了一眼公公就把手放在了桌布上。

"无论如何,"亨利说,"菲利普对他姐姐起到挺好的影响,她又躺下了!"

"不然他用扳手敲晕她?"卢多维克建议道。

自他回归以来第一次,玛丽-洛尔高兴地笑看着他,但他并未回以微笑。他饶有兴趣地观察自己父亲:显然亨利在犹豫不决,他对桑德拉有应尽的义务,但又疯狂渴望逃离她。他突然做了一个手势,溜到了衣帽间。卢多维克和他的妻子有一瞬间面对面,但两人很快起身离开。至于菲利普,他没再现身——因此也就听不到家人们对他外交手段的恭维之词了。

*

晚上十一点，阿默尔夫人待在她那铺满了桌布的小客厅里，两个受她庇护的女人在长沙发和扶手椅上唉声叹气。一个刚见过一位迷失在性爱中的陌生客人，她能做的只有逃跑。"永远也别接待游客和陌生人！"阿默尔夫人边反复叮咛边递给姑娘一卷绷带，让她缠住在人行道上崴了的脚踝。另一个也是吓破了胆，信任地看着西尔维亚·阿默尔，她坐在自己的小办公桌前，坚定地回复当天早上手下某个年轻姑娘收到的一封信，这封信是由一位老朋友寄来的，信中竟有胆量要求她赔付两个月的收入。阿默尔夫人的脸色比咽气的鲭鱼还难看，她能列出一张洋洋洒洒的清单，上面写满了她的公务员—保护人。

亨利·克雷森正是在这种不安的氛围中现身的，但这也符合他的风格。裸露的玉腿、香槟酒和女人的媚眼让他升起一股无名火。他要求阿默尔夫人立即腾出时间来给他点建议，因为他最近还是很欣赏这位聊天对象，既守口如瓶，又通情达理。"再说，很久很久以前，"他补充道，"我就想换掉圣朱利安教堂（阿默尔夫人的地盘）的管风琴，但是经费拮据还不够把它换掉。"阿默尔夫人停下了她那电闪雷鸣般的散文，把信折起来，把两位不幸的女士送回房间，然后仔细地重新关上走廊上的门。

被桌布环绕的亨利·克雷森仿若一头充满英雄气概但不修边幅的斗牛。他接连咕咚了两口白兰地酒，然后向这位可贵的老朋友说：

"看，您也注意到了，桑德拉最近遭遇血管上的危机，前不久遵医嘱卧病在床。所以我的亲家母……总之，一位亲戚……也就是我儿媳妇的母亲，很热心助人地愿意跟我和我儿子一起接待客人。法妮·克劳利女士是位很有魅力的女人。"

"其实，"阿默尔夫人说，"我已经在'三只海豚'见过她了。她当时正为您的晚宴购买草席坐垫，我觉得她非常亲切、优雅，有巴黎范儿。而且她看起来那么年轻……她多大了？"

"这个我不知道，"亨利表示，"不管怎样，她是位年轻的女人，漂亮、亲切、快活又有魅力。太、太、太迷人了……"

"这是自然……"阿默尔夫人肯定道，内心震惊。

"她在巴黎一家非常有名的时装店工作，我忘记什么名字了。当然，这是份享有声望的工作，但是维持生计却很勉强。"

他停下，又说：

"……简单来讲，我想娶她。"

西尔维亚·阿默尔，今晚刚开始的时候接待了两个受惊的女孩儿，现在眼见这位为数百人提供了就业机会，为她提供了数百位客户的国内重要企业家,失了智。他喝醉了吗?她从扶手椅上站起来。

"克雷森先生,"她用深沉的声音喊道,"您不是结了婚吗?"

"那是很久之前了!"这回轮到亨利·克雷森大喊,他也是站着,"我老婆是个哈尔比亚,您很清楚。整个城市都知道。我要离婚,该死的!"

他坐了下来。阿默尔夫人献上一杯白兰地。"她知道吗?"

她想问的是桑德拉,但亨利先想到的不是她:

"不……法妮不知道,桑德拉也不知道,没人知道我想娶她。我想先咨询您。"

最初的震惊过后,阿默尔夫人似乎平静下来了。

"您要相信我实在太过受宠若惊……第一个知道……真是何种荣誉。话说回来,如果我没理解错的话,什么都还没开始?"

"未来的日子里会实现的。"亨利说。

"但是……女士……总之,您儿媳妇的母亲答应您了吗?"

"还没,我还什么都没跟她说,但这些事,您懂的,我感觉得到……"

他一副心理学家的样子,阿默尔夫人半信半疑。

"我已经想好在晚宴期间,在所有人面前宣布这件事,除

心之四海 | 097

了她,当然——因为桑德拉那时候会在卧室里……上甜品的时候宣布两个好消息:我儿子不是疯子,我要娶一位精致的女人……"

他看起来真高兴。

"我的天。"阿默尔夫人只说了这句。

然后她思忖道:"他才是疯子!"

"至于卢多维克,他没有母亲,这个小可怜,他很喜欢她。"

阿默尔夫人想起了她的姑娘提起卢多维克那种强烈的爱意时,对他的交口称赞,她又想到这个年轻人的魅力,于是她在扶手椅上更向后倒了一些,眯起眼睛,明智地装作审时度势的样子,然而此时她并未适应这件荒唐事,她的脑海中还在进行着乱伦的决斗、流血的凶杀等等。

"如果我是您的话,克雷森先生,我还是会等晚宴过后几天再决定这件事。克雷森太太桑德拉,不应该成为最后一个知道的人。"

"人们都说,最后知道的都是被戴绿帽子的。哦,抱歉……这是法妮责怪我的小小缺点,我的用词。"

他似乎很满足的样子,她只能继续说道:

"当然,这不是什么大事儿,不过,难道她自己在巴黎没有其他牵挂了吗?"

"我会处理好的。"亨利说着抬起他秃鹫般的头颅。

阿默尔夫人和他几乎已经喝光一瓶白兰地酒，两人互相说着祝酒词和美好祝愿，不过她还是大着胆子说：

"您不觉得，与其跟您精致的法妮结婚，您不如保证她在巴黎过上无忧无虑的美妙生活，如此也不会引发悲剧，避免您的妻子大呼小叫，还有人们的议论……"

"阿默尔夫人，法妮可不是一个轻佻的女人！要先把她娶回家。"

"或许您可以先跟她相处半年，验证一下是否如您所说……而且您知道的，离婚后再婚，这中间需要三百天的时间……"

亨利心意已决。

"我们会去大溪地结婚，或者在安道尔，或是在卢森堡，那儿的市长是我朋友……"

"她喜欢乡下吗？"阿默尔夫人问，身子摇摇晃晃（因为白兰地或者精神冲击）。

亨利犹豫道：

"……她向我表示过把这个家的内外装饰和谐统一起来是件有意思的事儿。"

他站起身，解下一条挂在裤子上飞舞的桌巾，握住阿默尔夫人的手吻了一下。

"我的天，凌晨两点了……真是万分抱歉……谢谢您的建议。"

但是在阿默尔夫人跟他说的一箩筐话里,她给了什么建议呢?她如此疲惫、如此心绪不宁,甚至忘记了提醒他更换教堂管风琴的事情。

10

法妮神经崩溃，穿戴整齐地钻进被窝。晚饭期间下了雨，不过在她的窗前，灰蓝色的天空铺满了被雨淋湿、蜷缩着的数千颗小星星。她在窗前待了两分钟，只听到法国梧桐树叶间回荡的慢悠悠的安静风声，有时风拂过树叶的声音仿佛勤奋的神甫在翻动祈祷书。她脱下衣服，冲了个澡，几次高声重复道："生羊腿，没听说过，从未！"她又看到自己重新站起来，无情地站在可怜的亨利面前，而亨利正试图露出一个好笑的表情，其实，与其说是倨傲，不如说是失礼。她又笑了起来。

*

清晨四点，走廊上的门吱呀作响，卢多维克走进她的房间。他还穿着白日里的衣服，这么做自有道理。因为如果他刮了胡子、穿着好看的睡衣，到的时候还精心打扮过，万事俱备，要扮演一个情夫角色，她肯定会立刻把他赶到门外。相

心之四海 | 101

反，当她打开床头灯，看到在房间那头窗户旁边憔悴又僵掉的他，显然是准备好来找她而不是她的床。

"卢多维克……"她本能地喃喃道。离得最近的菲利普的卧室也隔了两间房，虽然这人有过风流韵事，但就算法妮卧室门是打开的，也只能听到机器一样响的鼾声。

卢多维克头发乱蓬蓬，衬衫皱巴巴，外面套的还是那件栗色马海毛粗毛线衫。"他最爱的毛线衫。"她注意到，然后震惊于自己对这个年轻男人的衣物了如指掌。其实，这件栗色毛线衫、他的暗红色衬衫、灯芯绒长裤和几乎全新的鹿皮鞋都是她自己记忆中的画面。她示意他坐下。

"卢多维克，现在是凌晨四点。您没有脱衣服，也没换……也没睡觉？"

刚开始她的语气还是愉快的，然后语速放慢，就好像对自己的话不感兴趣。他做了一个几近粗鲁或者像亨利附体般的手势示意她停止说话。

"我来是为了跟您说，如果我惹您不快或者吓到了您，那并非我本意。从今早开始，我试图……却只发现了您陌生的眼神和语调。我太难受了，就是这样。"

最后一句话说出口，他抬起了头，面对面看着她。

"您看，"他补充道，"我之前觉得您不爱我，还没有爱上我，但是您挺喜欢我的，我们很开心……"

"的确是。"她说。

因为她的确喜欢他半躺在她脚旁。

"我爱的从来都只有康坦,我的丈夫,"法妮又说道,"他保护我远离一切,保护我不受世界、人们的恶意……但我现在独自活着。我挣的钱没那么多,但我需要被人保护,你明白吗?"

他点了点头。视线未离开她,不过她一点儿不感到尴尬。

"但在这儿,需要被保护的人是你,帮你对付这些人……(然后她做了个手势,画了个圈),他们对你无所不做,嘲笑你、蔑视你、贬低你,他们本应该每天都向你道歉……我女儿是第一个……你清楚的,"她说,"我不想要一个儿子,也不要一个屈服的情人。"

他重站起身,走到窗边。

"你说得有道理。"他闷闷地说道,"但他们曾让我害怕……我害怕他们。如果他们把我送回去怎么办?玛丽-洛尔说只需要打个电话……而且,我在那边的时候,外面我认识的只有他们,我觉得也只有他们会尝试把我接出去,只有他们会来看我,你明白吗?我的父亲、妻子、继母……如果没有他们,我可能还在那边。"

一阵沉默。法妮又站了起来。

"可放你出来的是医生……"她生气地开口。

于是,她的体内有什么东西被撕裂了。她一字一字地念出

"卢多维克"，可能还做着招呼他的手势，因为下一刻他就在她怀中，卢多维克亲吻着她的泪水，她自己都没意识到在流泪，他为人们对他所做的一切而安慰她，而这一切对她法妮来说，不可忍受。

"哦，我的小……"现在她温柔地说，卢多维克的亲吻和手掌也从最初的温柔变得匆忙，然后是仓促的手势。

一盏熄灭的台灯、女人从男人炽热的头上拉下来的毛线衫、他自己扯下的衬衫和裤子、鞋子一只一只被踢掉、情话、彼此的泪水、一双嘴唇覆在另一双上。然后是两具身体起起合合、两片叶子、两张纸的声音……而风，这风随着黎明的到来而升起。

11

亨利·克雷森通过走廊上朝着浴室的小门,回到了家里,那里甚至算得上他妻子的避风港。在喝过一定量的白兰地,经历过慷慨激昂的情绪后,他尽最大努力踮着脚回到卧室。妻子满怀爱意又严肃地保持内室门半开着,她呼吸里的鼾声和嘶嘶声此起彼伏地传入他的耳朵。这个信任与健康的例子令亨利生出愧疚之情,他早早感到了一种宽厚的歉意。

他走向写字台,这个明显是现代风格的写字台却是他爷爷安托万·克雷森制造的,他热衷高级木器,酷爱各种秘密。你要先按压某个抽屉的顶部,再把它往里推,同时狠狠地踹一脚桌子腿,才能打开另一个抽屉,那里面躺着一份遗嘱,在巴黎的洛科纳父子公证事务所还沉睡着一份同样的文件。亨利·克雷森把纸张放在床上,脱了衣服,开始重新整理。

*

第二天，法妮出门购物，没在图尔停留，直接去了奥尔良，在那儿没人认识她。她买了《社会异化》和《法律与精神疾病》两本书，还有其他书，她在一家咖啡馆里翻阅浏览，然后才回到克雷森纳德庄园。她在其中几页做了标记，到家的时候把它们放在了卢多维克的床上。路过女儿的房间时，看着她从巴黎买来的舒适的起居设备、奢侈品、各种精致物品，法妮哆嗦了一下。对比之下，楼下卢多维克的房间像是士兵的屋子，虽然他曾经且正住在那儿，但看起来像是无人居住。她又回想起了女儿谈论卢多维克的语气，不管怎么说，那人毕竟是她曾一起睡觉、一起生活的丈夫，但现在玛丽像对待一件丢人的物什般对他，不过法妮清楚她情人的魅力所在。

法妮借口在奥尔良与一位老朋友共进午餐，出门时引起了大家的臆测：菲利普，因为他正到处寻觅谎言；卢多维克，因为他会想她，而法妮的所有谎言对他都是致命的残酷；还有亨利，因为他想不到法妮要去比图尔更远的地方做什么。

法妮不在，卢多维克下午两点时直接回到她房间，径直走向床。她已经重新整理、拉平被单，只有掀开时才会发现他们漫漫长夜留下的褶皱、折痕。百叶窗开着，法妮的几件衣服散落在各处，拖在地上，比如说落在浴室里的睡衣。在卢多维克看来,她在等他:皱巴巴的淡粉色睡衣横挂在椅子上,之前从没有睡衣等待过他,之后也不再会有。他把睡衣贴上脸颊,一直拉到头发那儿,将脸埋了进去。

身后有人咳嗽时,他真是吓了一跳。他回头,认出是马丁。在大家看来,马丁一副冷漠——或者愚蠢的样子。但很奇怪,多年来他俩之间恪守着沉默的关系,卢多维克倒很喜欢这位管家,把他视为一个没有敌意的存在,管家和家里的其他成员不同。他们互相看了许久,卢多维克懊悔自己有所反应,彰显了自己"有罪",但为时已晚,他慢慢地把睡衣放到椅子上。

"这面料可真漂亮。"他遗憾地说道,好似真的想要一件同款。

惊慌失措的马丁表现出类似的怀念之情,这使得他放声大笑。他重新拿起睡衣,把它比在马丁胸前,光溜溜的头顶和一本正经的样子也未使镜中的他更加动人。一秒的凝视后,他一动没动,马丁将卢多维克心心念念的东西交还给了他。

"穿起来效果会不错的。"他对卢多维克说,后者露出了惊讶的神色。

卢多维克未曾注意到继母在场的信号,不论她在哪儿,都有强烈又复杂的气味,就像《阿伊达》①中的喇叭。她穿着花

---

① 意大利作曲家威尔第创作的四幕歌剧。歌剧描写了沦为女奴的埃塞俄比亚公主阿伊达和埃及国王手下的勇士拉达梅斯的爱情悲剧。

枝图案的晨衣,杵在门口,笨重的日间护士跟着她,满脸的责备表情。

"你们两个谁打算穿这粉色衣服啊?"桑德拉没有笑容地问道,"是晚会穿的吗?"

卢多维克和马丁都开口了,想要消除她的疑虑。

"您瞧,没人……这是开玩笑呢!我正跟马丁说着,他在洗礼的时候穿这个颜色会特别可爱。加上他的孩子气,就更加可爱了……"

卢多维克尴尬起来,桑德拉只快速地瞥了管家一眼,想验证是否有任何幼稚行为让她对认识的这个倔强男孩儿的外表产生了错觉。

"不管怎样,他洗礼的时候穿的是蓝色,我料想。他之前一直是个男孩,孩子气或者不是。好吧……"她叹着气说,转向卢多维克,"你妈妈出去了吗?"

"我妈妈?"他惊讶道,只看到了面前的这位。

"对,你妈妈!当然不是我,是法妮,你妻子玛丽-洛尔的母亲……"

"啊,当然……"卢多维克笑道,"当然。"

他被马丁推着尽力从浴室脱身,但继母在门口堵住了他们。病情缓解已经过了三天,她的脸还是很红,比起印象派,更容易让人想起野兽派画作。

"法妮,当然了……法妮。有趣的是,我没把她当作家长。"卢多维克说。

"抱歉,太太。"管家插话道,他已经走到了门口,感到难以形容的危险笼罩下来。

"马丁,您很紧张吗?你们都不愿意向我解释,一个不说,另一个也不说,你们打算对这件粉色衣服做什么?倒霉!这间卧室看起来空荡荡的……"她谴责地摇着头总结道,"我知道,可怜的法妮在巴黎可没有一百平方米的房子,但是,在这个房间里,还有我安排给她的所有家具!好吧……"

12

天空已经变成了淡蓝色,第二天,天蓝色。桑德拉面部色调变成了暗蓝色,比起生肉更容易让人想到是被痛打了一顿。因为对自己不那么血红的美丽面庞感到欣慰,她决定邀请法妮和玛丽-洛尔下午到她房间里打桥牌(家里的男人是狂热的桥牌反对者)。法妮和玛丽打得不怎么好,因为她们多年没有碰过桥牌了。王后——我们还是以其姓来称呼,德·布瓦约夫人,"这是她从叔祖路易十四那里继承的姓氏,"桑德拉说道,"这个姓氏保她免受断头之刑。"她补充道——将是第四位牌友。

卢多维克原计划在乡下漫步,现在没了法妮相伴。三位牌友坐在床上围着桑德拉,她安坐在枕头中,斜对着伙伴们。为了冷静下来,卢多维克对着隔壁的墙打网球,正好打出去一球击碎了桑德拉的玻璃窗,还有她极可爱的胡格诺派小雕像。可怜的王后现在衣冠不整,桑德拉对他骂骂咧咧,妻子在训斥他，不过法妮带笑的注视让他得以慰藉。他走向树林，而亨利还在继续午休。

牌局继续进行，不再有其他的事故。王后殿下日夜玩此游戏，她已习惯带着赢的钱驼着背回到丈夫的漂亮别墅，她丈夫名为维拉布瓦，听起来像是临门一脚，快要登上王位了。所以她觉得应该能从这两个没经验的巴黎人手中赚到支付给瑞士卫队①的工资。玛丽-洛尔和法妮一队，桑德拉和王后一队。然而，在这场王家比赛中，法妮在两小时里打出了精彩绝伦的水平，游戏已成定局，尽管狂怒的殿下无法忍受，想要扳回一局，却也只是徒劳。

晚上快八点的时候，桑德拉嘟嘟囔囔，玛丽-洛尔高兴愉悦地公开清点母亲和自己赢的钱。

"我的天。"法妮说，"这牌局太精彩啦！多亏了这张梅花王后，这下子巴黎三个月的房租都有了。"她提到了最后那惊心动魄的一击。

王后遭到了流放，输得精光，她失望又傲慢，付了钱，说声再见，很快就离开了。

"在加冕典礼上，我们当不了她的女官了。"法妮开玩笑说。

---

① 瑞士卫队曾肩负护卫王室的任务，以其纪律和忠诚出名。此处因为讽刺德·布瓦约夫人是王族，那理应享受瑞士卫队的服务。

心之四海 | 111

"玩这个不正派游戏的可不是我。"桑德拉说。

"不是你,不过这场游戏可值一万法郎。"玛丽-洛尔明确指出,面对迟疑的婆婆,她坚决要求偿还债务。

债务应该偿还。然后她又接着说:

"对了,谢谢妈妈,作为队友,我已经盆满钵满了。"

"赌场得意,情场失意。"桑德拉恶毒地咬牙切齿道。

这让卢多维克·克雷森的岳母愚蠢地大笑起来,而她的同伴们并不知其原因。她甚至应该立刻离开,跑进电梯,回到她的避难所。

*

钟声响起前,卢多维克敲了她的房门。她看到自己给他带去的法律书籍比任何其他事物都让他昏昏欲睡。倾听别人对他的伤害似乎成了她的责任,因此她有一刻表现出了完全的气馁。法妮这一生都在被保护,康坦去世后,她才开始承担自己的生计,或许很困难,但她没想过还要捍卫这个成年人的权利,或许他总有一天会捍卫起自己的权利。这个家庭的精神状态潜在的危险比其他任何危险都糟糕:可以用任意一个借口将他送回某个既和平又寂静的地狱,而他先前就是从那里回来的。因此,他移开双眼,避开任何能让他想到即将到来晚会的事物,其实,让他感到害怕的是晚会众多的宾客、陌生人,他们会对他大肆评价,全力支持桑德拉任何针对他的手段。而父亲的漠不关心给不了他安全感。

法妮沮丧地意识到，即使桑德拉重新站起来，即使桑德拉的脸庞变成淡粉色，她也不会接过保护的重任，她还是要面对这个冒冒失失、没责任感又无能为力的情人。唯一让卢多维克活跃起来的动力，就是他对她的迷恋，三十岁的他甚至还得像个男孩儿一样把她藏起来。法妮，精致的法妮，无可挑剔的法妮，突然发现自己对一个难以置信的资产阶级闹剧负有责任与过错。

尽管如此，她还是有时间向快活的卢多维克叙述王家牌局的始末，并因为逗得他发笑，最后自己也大笑起来。随后她又后悔：她从来都无法指望自己会长情。她总是从一种心态跳到另一种心态，她唯一的坚实情感曾是幸福。"这就是她迷人的原因。"康坦总是这么说。

然而她并没有意识到自己已经点燃"翱翔的秃鹫"的激情，这位庄园主、她的情人之父，而完成任务的这几周将她变成了一个命中注定的女人。发生在图尔而不是巴黎的这一切为外界和她的挫折腾出了一片不真实的角落。但她知道，这不合逻辑的感受错得彻彻底底。

晚餐时，他们是最后到达的。法妮和卢多维克开着玩笑走下楼梯，卢多维克的手紧攥着岳母的手肘，在她身边展现出了责任感和保护欲。桌边的人责备他们姗姗来迟，向他们投去怀疑的目光，这可能会挑明或激发出某种罪恶感。法妮大笑了一

心之四海 | 113

秒，在这间餐厅里这会被视为不雅的举动。与此同时，名叫甘纳许的狗狗悄悄趴在了卢多维克的椅子底下。

"你们成了最后到的！"亨利叫嚷着，不过还是在法妮面前站起来，"菲利普，您知道您姐姐，也就是我妻子，今天皮肤颜色是否变淡了吗？"

"桑德拉的皮肤一点儿都不红了。"法妮令人安心地说，"她现在比较苍白，甚至有些发青，明天……"

她听着自己亲切的声音，对自己说的话感到震惊。

"……明天，如果您真的能够挫败我妻子还有可怜王后的无耻作弊，桑德拉的脸就会泛黄了……"

"这座房子里的游戏规则在我看来并不可靠。"菲利普评论道，"我知道自己在说什么，感谢上帝。我年轻的时候，还跟杰克·华纳①，好莱坞电影与扑克之王，玩了一整夜的扑克牌。我跟你们说过吗？"

不等有人回答——毕竟知道答案是否定的，因为这是他现编的故事——他接着说：

"当时牌桌上的三位都是野心家，也是好莱坞之王，只有在保证三人中有一个肯定能打赢我的情况下，他们才接受我加入游戏，为了尽可能地攫取我的美金，掏空我最后一分钱。我在好莱坞无权无势。（他开始笑）我没有演戏的念头，我迷恋上

---

① 华纳兄弟公司的四位创始人之一。

了一位倾国倾城但身无分文的女人，但我有钱。总之……"

这个"总之"对菲利普来说毫无意义，但甘纳许打断了他讲故事的兴头，因为卢多维克百无聊赖地第十次叉开双腿，轻轻踢了一下甘纳许。这条狗狗的吼叫惊到了大家，打断了趣事。大概是因为这个原因，亨利·克雷森做出了意外的反应。

"哦，好狗狗，你从哪儿出来的？你是不是在我们不知道的情况下收养了我们？你说得对，这是座住起来很舒服的房子，不是吗，法妮？"他带着迷人的微笑问道，令她不知所措。

"这是你能找到的最好的房子了。"法妮抚摸着甘纳许回答道，甘纳许则舒服得动来动去，围着桌子转圈，好让每个人都看到自己。

它小心地避开菲利普和玛丽-洛尔，仿佛能嗅到他们的冷漠，然后机智地停在庄园主的脚边，说它机智是因为它的主人在得到放松和满足后，又听到桑德拉因为她的小古玩，尤其是有一吨重的小摆件，发出了颤抖的指责和喊叫。

"总之我要离婚。"他想，"法妮似乎很喜欢狗。多好的女人！啊，多好的女人！"

他看着甘纳许，从它眼中读出的愉悦与深情令他愉快地摆脱了事关桑德拉的难以言说的思虑。啊，他在这座房子里多么孤独啊，他想。想到自己，莫名的泪水涌上他的双眼。

"好狗狗……"他边说边朝狗狗弯腰，想要遮盖眼泪。"你叫什么名字？马丁，这条狗叫什么来着？"他突然吼了一声，以一贯的坏脾气来给自己打气。"它的名字？别告诉我您让一条不知名的狗进了我的房子！"

"老爷，它叫甘纳许。"马丁冷淡地回答道。

在这番庄严的介绍后，法妮抑制不住地放声大笑起来。似乎对她来说，这是到这儿以后一次有节制的笑，在严肃又怪诞的客厅回荡的笑声，若是在中世纪，克雷森纳德庄园会因这一亵渎而崩塌。

马丁返回厨房，觉得受到了侮辱，他家老爷竟然因为一条邋遢又爱偷东西的狗感动了。这是他来到这座房子后第一次认可桑德拉，因为她会把甘纳许赶出门。

他还没来得及去深挖桑德拉的功绩就被亨利·克雷森急切的语气召唤回了餐厅，就像某些动画片里演的那样，手中托着甜点。宾客看起来很疲惫，就连亨利·克雷森也是（尽管法妮难以抑制又有感染力的笑让所有人都放松下来）。亨利，"翱翔的秃鹫"，这天晚上既没有精力也没有心情告知法妮他要离婚并要跟她结婚的事情。

他在甘纳许面前的真情流露让他自己陷入了尴尬。还有疲惫、酒水、神经、王家牌局、一条狗的到来，还有不得不听的华纳扑克的故事。因为没听到结局，众人都忘了为菲利普的好莱坞胜利而鼓掌。但似乎每个人都感到精疲力竭。

于是,亨利点燃了一支雪茄,他预感到这是当天的最后一支。菲利普不抽烟,不过卢多维克精神治疗回来的时候带回了一些奇怪的香烟,或许是病人专用的,这些香烟时而散发出桉树叶的臭味,时而又有果酱的味道。一些幸运儿尝过,把整根烟抽完后再也没抽过第二次。

不,亨利会等待第二天再向法妮宣布他的未来计划。不管怎样,他已虔诚地吻过她的手,并在她耳边轻声说过:"信任。"作为这世上真正的女人,她似乎很震惊。

"晚安。"他说,"啊,对了,我忘记了,你似乎打破了你母亲的窗户。"他对卢多维克说。

"差点儿把女王一切为二。"法妮笑道,"我们让她平躺在桑德拉旁边,她脸色一阵红一阵白的……"

"谁出卖的我?"卢多维克突然皱着眉毛问道。

马丁一副恭顺的样子,凝视着菲利普。

"我当时在睡觉。"后者高声说道。

"那么?"卢多维克又问道。

玛丽-洛尔因为愤怒和羞愧而满脸通红。初中时候她就打过小报告,在叙弗朗高中时也曾因为诬告别人而被同学疏远唾弃。

"您知道的,"法妮很快接话,"图尔的小管弦乐队会很高兴来晚会上表演的。"

心之四海 | 117

亨利耸了耸肩:"你们觉得他们合适吗?我可以让好莱坞或者拉斯维加斯的音乐家来演出,你们知道的。再加上菲利普还有路子。"

"我觉得图尔的就很好了。"卢多维克说,"我昨天就在他们那儿。"

"我啊,"亨利发出雷鸣般的声音,"我曾经把他们邀请到工厂,在会议大厅里表演得很棒,又充满活力。"

"如果他们劲头太强,米洛的维纳斯像可能会倒掉。"法妮笑道,"一点儿微风都能让她晃晃悠悠。这对客人们来说很危险。不过也有可能是她的胳膊让她失去了平衡。"

"她什么都要操心。"亨利满怀柔情地想。

"我不懂你在说什么。"玛丽-洛尔厌烦地说。

"那个可怜的女人没有胳膊,您不知道这点吗?"菲利普高兴地问道。

她站起身。

"我知道。不要好为人师,菲利普。"

尽管法妮和每个人都笑了,但玛丽-洛尔对自己的文化水平极度敏感,更何况自己这方面本来就薄弱,于是她离开了。

"你老婆似乎溜走了。"亨利对他儿子说,"跟我来,带着一条狗穿过桑德拉的房间,事情就麻烦了。"

"上帝保佑,我要离婚。"他想。甘纳许跟在他脚后,上了楼。

其实甘纳许更愿意跟着卢多维克,又或者,它当然更愿意跟随这位又温柔又芬芳的女士,但亨利令人胆寒的权威对一条曾困于雨中的狗狗来说占了上风。

于是,卢多维克和法妮有片刻时间来单独相处,然后两人都无法解释地笑起来。他们出门走到花园里,坐在最远的长椅上,略微平静下来,随后菲利普跟了上来,看着亨利房间的灯光熄灭。与此同时,桑德拉的窗户亮了起来。处在暗处的三人似乎很感兴趣,高兴又快活。生活又变成了生活。他们交换了一个深情又无情、在菲利普看来近乎宽容的眼神。

"如果我姐姐发现甘纳许……"他说。

13

准确来说，正是在此刻，达到幸福极点的甘纳许向夜晚嗥出了第一声狗吠。众人笑声回荡，引来附近犬科动物此起彼伏的回应，而一个女性人类的愤怒哭喊声响起时，犬吠声加倍猛烈了。正是在这种放松的状态下，菲利普看到卢多维克的手搭在了法妮的胯部。因此，正是在甘纳许的第一记狗吠声响起时，他什么都明白了。

对于卢多维克和法妮的关系，菲利普的直觉似乎很准，尽管这只是一种愚蠢的直觉以及对复杂关系的觊觎，但他还是窥破了事情的真相。众人欢欣的这一刻，卢多维克的手迷失在他年轻岳母的胯部，在菲利普看来，比任何转瞬即逝间发生的最下流的场面更加昭然若揭。总之，人们、公众、社会还有其他人，都相信自己的直觉，因为它含糊不清，不论如何都不同于他们日常的印象或幻想：阳光下亲嘴或许像是个玩笑，但黑夜中低语的三个字就是另外一回事了。在电视或者电影作品中，我们以一种无法想象的露骨看待黑夜里的幸福。在现实生活中，人们更喜欢惊喜而不是学习，更不要说理解。太多情况下，人们更敏锐地感知到虚假的印象而不是真相，就像谎言的可怖包裹着虚假的谣言，并以其自身的不可靠使之更加不可否认。

法妮发现了菲利普的目光，她在内心翻腾起的情感，让她既引以为荣又颜面尽失。不论如何，她明白自己已经永远跟卢多维克心心相印，纠缠不清，她既没有力量也没有必需的愤怒来否认这点。天空明灭间，整个乡村都变得虚假，成为了确切的告密者。

事实摆在那儿，就在卢多维克的粗毛呢和她的丝绸长裙之间。落在眼中，性的真相在他俩之间激荡，尽管两人并未抬眼，康坦的死、她少之又少的情人、海滩、她的调情或享乐，此后都成了过眼云烟。而在这儿，突然间，一个自欺欺人、谎话连篇的家伙迫使她承认了自己的欲望让她不可救药地爱上了一个自信会永远钟情于她的男孩儿，而她本身却从未如此看待他。

一个男孩儿，以朴实的勇气喜欢着他想要的人，承认让他感动之处，简言之，毫无挣扎地沉迷其中。非常幼稚，因为没有人——或者很少有人——在这个世纪，有这样的能力、勇气与天真。

菲利普的笑声变了调。卢多维克的笑就像有神秘力量点拨过，放开了喉咙，更严肃、更阳刚、更感人。而她，她的笑呢？她的似乎是上流社会那种虚假又毫无朝气的笑容，与两位见证者毫无相似之处。对法妮来说似乎有些过于单薄又荒谬可笑了，正如她本人。她自责的已经不再是疯狂、放纵，而是怯懦。又一次笑声、卢多维克新的声音透露着男子气概——力量、坚定，还有不清醒——这只是欲望的代价，绝不是他的本性，也不是他的面具之一。

*

进入漫长又愉快的夜晚后，多亏菲利普不合时宜的发现还有法妮的真性情，接下来的时间缩短到了十五分钟。

卢多维克，他是唯一自在的人。即便法妮避开他的肩膀，他也没有沮丧。就像是他已经巩固、争取、辨别出了她与他之间的某些事。法妮已经理解并接受了他的情感，她的确像逃离束缚一般避开他的粗花呢，但也从此心甘情愿接受了。他没有与表哥——或者说表舅，总之，与菲利普，进行任何目光接触——在他看来，菲利普代表着无趣与谎言，但是桑德拉会拿出来夸耀。误入歧途，爱说谎不过是个好人，诸如此类。

卢多维克具备许多过时的表达方式，这是他在寄宿学校学会的，在巴黎的夜总会变得丰富，随后待的疗养院又进一步夯实了。卢多维克说"好家伙"，甚至"了不起的家伙"。依着外貌，他会说："这，这个女人。"又跟着他的企业家父亲学会了："这，这个家伙。"他已经很久没用得体的话来提及玛丽-洛尔，他的妻子，见面的时候"不管怎么说是个漂亮的人"。至于桑德拉，她是一个"有点儿那样的女人"。事实上，只有法妮躲过了任何形容词、任何修饰语、任何讨论。在这种情况下，沉默才是最机灵的选择。

晚上，"孩子们"，这是桑德拉在谈到卢多维克、玛丽-洛尔、菲利普和法妮时用到的词儿，许是因为感知到在同一屋檐下有像她这样沉重又危险的女主人的存在，在本能驱使下，出现了难得一见的和解场面，互相亲吻脸颊。源于童年的无意识的恐惧和不解像一股凝聚力一样把年长的成年人团结起来。除了菲利普，那天晚上，他没有亲吻法妮的脸颊，而是吻了她的手，法妮，值得尊敬的新罪魁祸首，在这安逸又无聊得压垮人的乡村生活中，她导演了一场出乎意料的戏。只是她在亲吻女婿卢多维克胡子没刮净的脸颊时，明显举止僵硬，所有人都看在眼里。在菲利普看来，这是她罪行的又一证据，而对卢多维克来说，这是一次机会，可以把嘴唇贴上法妮甜美芬芳的脸颊。在图尔火车站时，他第一次嗅到她香水的芬芳，自那以后，似乎对他来说，这就是市面上唯一一款女士香水。那天晚上，卢多维克感觉自己出奇地朝气蓬勃、幸福、痴情，他的敏感仿佛消失了，跟往常相比，对爱的盲目较之往常不那么确定了，还有他的欢笑。某人曾说过，"欢笑是爱的标志"，事实

心之四海　｜　123

上，没有什么像欢笑一样可以丑化或毁灭道德。他的手放开了先前无意识搂上的腰，抬手搂紧法妮的肩膀。他向她扑过去。他向她倾身，脸颊近在咫尺，按目前的高度和距离，他可以吻上她的唇。除非把他推开，冒冒失失地向后退去，除非用额头顶他的下巴，否则唯一可行的办法就是轻轻抬头别过脸去，让他的吻无法正中目标。法妮因为担心有碍观瞻而容许的一切，卢多维克都自然而然地做了，全都落在了菲利普虎视眈眈的眼中，他喜欢心理密探这一角色，不想充当无足轻重的证人。亲吻犹如蜻蜓点水，法妮转过身用冰冷的语调说着："哦，抱歉。"菲利普紧随其后，面带讥笑地轻轻吹着口哨，身后跟着卢多维克。

14

桑德拉·克雷森以为自己听到了一条狗的叫声和四只爪子的抓地声,和她丈夫穿过房间虎虎生风的步伐相呼应。直觉告诉她,在她的路易十五房间里有一条狗,这让她露出一个稚气的笑。

"您知道,亨利,"她说,"我快疯了……"

隔壁房间里传来了亨利的声音。

"嗯,怎么?……"

他看起来既不惊讶,也不生气。应该说这个可怜的男人已经麻木了。她起身站在枕头上。

"我听到了一条狗在叫,甚至还穿过了我房间。"她说着放声大笑。

"哎哟喂,哎哟喂……"

"您就认了吧……"

"别说了,你给我闭嘴!就现在,闭嘴。"亨利说,"待在床上别说话!"

桑德拉被他的措辞和"你"的称呼噎得说不出话,沉默了,其实心里忿忿。

"抱歉,"亨利喘着气又说道,"不过……别动,我说的是,别动!"

"我的天,亨利,您很清楚我不能走动,唉……"

"可是是谁让您不要动的?呃,抱歉,桑德拉,我精疲力竭,肯定是要做噩梦了。我把门关上,您休息吧……"

总是在他们之间敞开的、照看着两人孤独的神圣之门重重关上了。之后马上响起了喀嚓喀哒的声音,闷闷的、让人难以理解的喀嚓喀哒声,除非是亨利开始跳踢踏舞了。不过他不是无所不能吗?

15

法妮的房间每天都开着通风,繁多的漂亮衣服铺满了地毯,散发着外省的气息和青草的芬芳。法国梧桐的大树叶从敲打着窗户的百叶窗中大胆地溜进来,在玛丽-洛尔的母亲看来,深蓝色的天空撒满了流星,潮湿的土壤散发着它日常的温柔。

菲利普护送法妮回到卧室门口,淡淡笑着吻了她的手,令她厌烦。他没有再坚持,明天又是好戏连台的一天。然后她穿过房间,担忧又烦恼地瞥了一眼镜子,又走到窗边,手肘支在上面。这回,法国梧桐的大叶子将她包裹住,就像卢多维克的外套,柔软又粗糙,卢多维克,狡黠的卢多维克、万事俱备的卢多维克,将她包裹住的卢多维克……这个愚笨的小伙子瞬间变成了一个禁锢她所有敏捷的男人,她无法躲开他的臂膀、怀抱、向前或向后的脚步,不雅的一个后退曾让她得以避开他的嘴唇。她无法摆脱菲利普穷追不舍的目光,她贴上了自己的情人,倒霉的女婿!放开她时,他又摸了摸她的脸,而如果这个笨蛋菲利普没有靠他们那么近的话,他们两人可能还会在九月的天空下无忧无虑。

有人敲门。法妮高声说:"请进。"以为是菲利普或者亨利,或者是蠢话连篇的桑德拉。但是,大胆进来的人是卢多维克,他一只手放在嘴唇上,就像一个同犯。法妮很恼火,不过还是压低了声音:

"您在这儿干什么?您过来是为了跟我解释这纯粹是意外……?"

她戛然而止,虽然她从未把卢多维克看作男人,或者像对待男人一样与他交谈,但她感觉这样斥责一个快三十岁的男孩儿非常可笑。另外,除了康坦,她还这样对待过谁?康坦本会笑着看她在这儿穿着皱巴巴的裙子,面对一个刚离开疗养院的年轻人竭力维护自己的声誉。

卢多维克胳膊上挂着一件粗花呢外套,头发乱蓬蓬的,眼睛却很明亮,她惊讶于自己没有更早点注意到他的美貌。"因为他是个英俊的男人,非常英俊。"她冷静地对自己说。她曾以为他是个美国男孩,如今又发现他是普希金王子。

然而出于习惯,她让他坐在床脚,自己坐在另一侧。卢多维克的大长腿垂放在地毯上,法妮则屈膝坐在自己腿上。她要怎么跟他说才不会伤害他呢?

"卢多维克，我不想让女儿丢脸，"她开始说道，"她就是那样子，我承认这点，但是……"

"她更差劲。"卢多维克说。

然后他垂下眼眸，落在法妮的小腿上。

她紧张地把腿抬高了一点，发现床罩又滑溜又难看，真的很难看。卢多维克面对面注视着她，毫无默契地笑着。

"还是这个床罩，"他说，"依旧崭新如故。我小的时候，玛尔特伯母跟父亲的哥哥安德烈结婚时买的。安德烈伯伯在四十岁的时候跟兄弟马塞尔在撤退回家的路上被杀了。"

"太可怕了！"法妮张皇失措地说。

"所以咱们的父亲在十九岁就接手了工厂。是他在这块平地上建造了这座肮脏的建筑。但，就像他说的：'在一战去世会成为英雄，但是死在 1939 年到 1940 年，我们就成了笨蛋。'请原谅他……两位伯母带着钱回到了她们娘家，但是走之前她们曾想在这儿留下她们的记号。之后就有了我母亲，但我并没见过她，她嘲笑这里的装修。最后就是桑德拉，为了毗邻的土地，还有钱，反正这些吧，跟我父亲在一起了。"

"可怜的桑德拉……"

法妮又恢复了冷静。

"她是这儿最不幸的人了，不是吗？"

"不是。"卢多维克让人放心又坚决地说，"之前，最伤心的人是我，但现在，我是最幸福的人。"

"为什么您之前这么可怜?"她严肃地问道,卢多维克似乎没料到这点。

"没人,没人喜欢我或者关心我。"

"那您明天能不能跟我讲讲您童年时的不幸?"

卢多维克跳着站起来。法妮滑了下来。他又抓住她,像对待一个玩偶一样把她按回床上。敞开的白衬衫露出了他棕褐色的脖颈,有光泽的头发滑过脖子、胸膛、他细长清新的嘴巴……

法妮的记忆完全混乱无序了,她贴上卢多维克,随后她的脸上盖满了他恳求的长吻,为她,也为他。他俩的吻滑向肉体,欲望与爱慕交错,冲动与放弃,暧昧的拒绝与固执的服从。在这间屋子里,所有一切奇怪地褪成黑色和透明,两人都在剧烈地颤抖,像法国梧桐的树叶,像翻覆的天空与星辰。

*

她醒来的时候,觉得自己没睡着,就像在真正的爱之夜之后,他已经离开了。她有一瞬间感觉被刺痛,因为他不在,未打一声招呼离开了她,而且他竟然"敢"离开她。打呵欠和伸懒腰时,她认出了爱人占有欲的记号。重复说道:"或许,或许。"她力图言明自己的感受,却只发现身体的惬意与疲惫。

法妮的肉欲掩埋在忠诚之下。在康坦身边醒来的早晨从来都是与众不同的,除了今早,这是第一次,时隔多年之后,这都多亏了比她年轻的男孩儿。她没有算过两人年龄差异的具体数字,也不在乎他是女儿玛丽-洛尔的丈夫,在她看来这微不足道,也不相信他如人们所说那般半疯癫。她回忆起他曾对她说:"我爱您。"因为她已经强调过,出车祸那天开车的不是他,至少她是这么记得的。尤其是这一夜以来,他一直不停重复着"我爱您",声音或高或低。这是什么?除了他粗糙的脸颊,他断断续续的沉默夹杂着时而清晰时而模糊的话语,还有能感受到的急切与恐惧,那是一个爱您的男人?

她用心地选了一条裙子,她知道这是一个厌女的裁缝为她做的,其实他本可以通过为她做衣服来让人相信他喜欢女人。她讨厌起床,在浴缸边洗去了和她的气息混合在一起的爱人的气味。当她下楼去找克雷森纳德庄园的人吃早餐时,并未对迎接她的众多客套话感到惊讶或担心。他们拿她取乐更像是一件老生常谈的事。她没有对卢多维克露出任何友善的笑容,他站在自己的椅子后面,金黄、棕褐、红棕,眼睛细长,嘴唇半张,身体倾斜,眼皮忽闪着,目光投向她。

"多美的女人啊!"与她年纪相仿的男人,"翱翔的秃鹫"喊道,他是这里唯一她可以引诱还不会引起真正丑闻的男人了。

"真的是。"菲利普毫不犹豫地说,因为不管怎样,他喜欢女人，还曾经因为早餐时的殷勤款待而使一些女人非常满意。怀念之情有一瞬令他喉咙发紧。

"高，身材高挑。"玛丽-洛尔承认，毫无疑问，她突然嫉妒了。

"真的！"卢多维克叫道，如果他没有那么真诚，这种自然的冲动是会有损他的名声的。

"她属于我，"他对自己说道，"两个小时前她还赤裸裸地躺在我怀中，她对我说……"他的眼中流出了感激、幸福又骄傲的泪水。

"吃完早饭，我带您去看索尔特深渊。"亨利说，当着众人惊讶的样子又补充道，"今天周日，我已经让比奇飞机公司来工厂。我应该带着法妮看一下乡间。她只逛过这儿的商店。"

"我相信法妮已经见过克雷森纳德庄园最好的部分。"菲利普笑着表示道，这笑容是如此具有倾向性以至于没人注意到他的话是多么奇怪，甚至没人提起兴致。

在饮过芬芳的早茶后，突然间不再存在任何威胁。这茶是什么牌子来着？被询问到的马丁脸红得快让人想到那是立顿茶。其实那天早晨，法妮以一种无法抑制的强烈怀旧感，让所有人红了脸，就像有时能让有些人兴高采烈、心满意足的人，而她并未意识到这点。

亨利·克雷森组织了一次奇怪的飞越图赖讷活动，法妮和卢多维克都同样小心地避开彼此。迄今为止，亨利只为最富有的日本客户或最懒惰的中间商提供过飞行游览项目。他们花了两个小时，历经无数次颠簸才完成一次远行，若是开车只需半个小时。但即便"翱翔的秃鹫"从未学会过飞机驾驶，飞机仍是亨利·克雷森的秘密武器——"感谢圣克里斯多福①。"他的亲戚和下属说。

因此，法妮度过了美妙又荒唐的一天。飞行让她感到愉悦；夜晚的疲倦和坐在她身后的卢多维克令人心安的目光包裹着她。就像许多处于她这个年龄的女人一样，她在恋人身上看到了一个保护者，这个想法已经在下一代中消失了很长时间。

"真漂亮……真漂亮。"玛丽-洛尔在她身旁大声说，时不时把周围的人吓得一惊一乍，除了菲利普，因为他已经注意到被骗妇女的本质，她们会流露出小女孩儿的状态，而自己一无所察。而且她喊得也有道理：城堡、水流、山丘、淡蓝色天空、夏末的图赖讷在他们下方展示着魅力，而亨利的技术性评价显得那么苍白。"法国可真美，"法妮想，"我的爱人也如此英俊……"飞机上能嗅到欧石楠、山梅花的味道，有时飞得足够靠近可以嗅到它们的芳香。

有一刻，法妮对卢多维克的准确回忆让她被一种强烈的欲望占据，她转向他，又立即重新坐下来，甚至没有用指尖碰

---

① 圣克里斯多福是旅行者或游子的主保圣人。

心之四海 | 133

他。这种艰难困阻,这种遥不可及,将会是她爱情生涯中最感性的回忆之一。过去的这一刻,她突然对自己说:"他疯癫,而我堕落。"她这一生还从未有过这种想法,但这显然是由于一个人处于极端的猜疑与疲劳中,对自己产生的错误想法。法妮注视着他看向她的闪闪发光的双眼。在这一刻她真应该怨恨他,要让他感觉到,让他看向她的双眼变得暗淡、浑浊,让她重寻回他和她更加真实的模样,也就是说,一个远离巴黎的迷茫女人,迷恋上了一个因孤独而感情压抑的大傻瓜。

16

离那场重要的晚会还有六天，屋子里所有人都被同一个问题困扰着：桑德拉会不会执意要从床上起来露面？她脸色仍旧是淡红，不管亨利的大声疾呼，这一直是她令所有人困扰的问题。

卢多维克与法妮除了白天在一起，每晚还要再次相见，菲利普心烦意乱。但他知道，这方面丑闻的威力远比好奇心更厉害。他还知道自己很可能会因此被亨利扔出家门，直到此刻亨利仍对法妮着迷，对她大献殷勤，而他自己已经见过不少类似情形，证人的下场都很惨（他自己也是），到那时……

最终狗狗甘纳许表现为克雷森纳德庄园住客中最机灵的一员。起初是法妮的香水味吸引了它，以及法妮散发出的温柔和女人味，它接着马上明白法妮的好感是可以共享的——当然是有时候——而且它只排在第二位，在又高又瘦的卢多维克后面，他可是个讨人喜欢的出色的长跑运动员，就是太不专注。

心之四海 | 135

其他两位主人甚至都没看到它。其实，它唯一要操心的就是避开马丁的脚，他会阴险地踹它。不，它发现在这座宽敞得出乎意料的宅院里唯一的主人是那个有着风暴般嗓音的男人，叫做亨利的一家之主专横跋扈又不为旁人所知地感情用事，他常不见人影，但显然他就是庄园主。他是所有人的老爷，除了另一个以此为家的动物——哎呀——就在他卧室旁边，一位女士发出的叹息和声音，亨利充耳不闻。威胁就在那儿，主人亨利教它避开危险之地，夜里通过走廊的小门去找他，不是没有道理的。只有在花园里、露台上还有偶尔在车里的时候，亨利才会承认他们的特殊关系，把甘纳许叫做"我的小心肝"或者"这漂亮的小杂种"，还有其他一些脏话，他用低沉咆哮的嗓音说着，温暖了狗狗那颗被遗忘的心。它还从声音中发现，这像是它自己，唉，在人类身上的回声。他们俩的喊叫声如出一辙，不过只有敏感细腻的法妮注意到了这点。

17

　　天气会拿他们开玩笑的：时而秋高气爽，泛着金色，时而酷热难耐，透不过气，时而雨水淅沥、雷声隆隆。两小时内天气变了又变，图赖讷就像诺曼底地区。所有人都犹豫要不要出门。只有卢多维克雷打不动地杵在那儿，卢多维克的目光、卢多维克的羊毛套衫、卢多维克的双手、卢多维克的幸福，法妮既无法逃避去想，又无法真正地不去期望。某人的吸引力或热情是最容易得到的事物之一，但如果我们除了静静看着、注视着，其他什么都没做，那么好运就最难以光临。然而，没有人在看着这个男孩时想着把他的人生变成一份长久的礼物。没有人愿意充实他的人生，逗他笑，使他成为最好的自己。也没有人愿意治愈他那虚构的疯癫或者彻底的孤独。法妮奉献了、给予了、劝告了，也忘我了。

　　搭建在露台上的大帐篷飘动着，历经日晒雨淋。日复一日，白天几近相似，每一夜也是如此，匆匆即逝又必不可少。

然而康坦……康坦。除了康坦她还能爱谁？几天后，晚会就结束了，卢多维克（或许）会恢复声誉，她会重新回去工作，忘掉过于年轻、不负责任的情人。

在外省的大床上，在她情人睡着的时候，法妮突然发现自己莫名哭泣。"累哭了。"她固执地对自己说，因为不确定、因为某种模糊的屈辱感、因为怀疑而哭泣：他从不提及怀疑、离开，也不说分别。出于某种谨慎和恐惧，她也不跟他讨论这些。他们的目光像身体一样紧密缠绵，但晚上，当他给自己和她点烟，像两个偷偷抽烟的少年般窃窃私语的时候，他们就感觉自己只能做这些。

两人也恪守着一个秘密，那就是甘纳许和亨利之间的心心相印，亨利和甘纳许的感情使得他们发笑，有时他们也能听到桑德拉在最遥远的房间里发出沙哑的喘息声，还有阴险小人菲利普如此雄浑的呼噜声。菲利普知道内情又守口如瓶，但非常愤怒。玛丽-洛尔对每个人都加倍地冷嘲热讽，不过没人听她讲话。

*

隆重的晚会终于到来，出乎所有人的意料，天气晴朗。就像是礼物一般，天空呈现蓝色，一直是蓝色，之后悄悄变黑。

来自图赖讷、巴黎、各个地方的社会人士坐在舒适的车里，陆续到达了专门为晚会辟出的停车场里停好车。家族里的人都穿着无尾常礼服和晚宴连衣裙，看起来很奇怪的样子。亨利在一件过胖和一件过瘦的燕尾服之间犹豫不决。菲利普只有一件穿旧的西装，不过这是他在伦敦的疯狂时期做的，剪裁无可挑剔。至于卢多维克这边，他穿了一件无尾常礼服，从诊所出来后，这件衣服对他来说就太大了，但与他相称。深红色的头发和与之相称的眼睛看起来很协调，这红棕色、浓密、闪亮的秀发融入了他的腼腆一笑，时隔神秘的三年之后，引起了亲戚和克雷森纳德庄园新朋旧友的兴趣。其实，"他头发是赤褐色的，就像他红颜早逝的母亲那般。"亨利反反复复地表示，带着一种无知的阴沉沉的骄傲。他很爽快地承认道，三十年过去了，他年轻的妻子、唯一的爱，直到死去都是赤褐色的头发，即使是她在世，他爱着她时，都忍受不了这一头赤褐色，但她丝绸般的赤褐色秀发在他心中留下深刻烙印，有时大白天他也会把脸埋进去。当他思念亡妻或被人勾起相思之情时，他偶尔还会以沙哑的声音哀叹一番。他这个人，在他自己看来感情压抑，依稀可笑的，迈着骄傲的步伐。